CHOSES QU'ON DIT LA NUIT
ENTRE DEUX VILLES

Francis Dannemark

Francis Dannemark est né en Belgique le 13 avril 1955. Il a publié de nombreux livres de poèmes depuis 1977 et, chez Robert Laffont, six romans, parmi lesquels *Mémoires d'un ange maladroit* en 1984, *Choses qu'on dit la nuit entre deux villes* en 1991, qui a obtenu le prix Charles Plisnier, *Les agrandissements du ciel en bleu* en 1992, et *La longue promenade avec un cheval mort* en 1993.

DU MÊME AUTEUR

ROMANS, CHEZ ROBERT LAFFONT :

Le voyage à plus d'un titre, 1981
La nuit est la dernière image, 1982
Mémoires d'un ange maladroit, 1984
L'hiver ailleurs, suivi de *Sans nouvelles du paradis,* 1988
Les agrandissements du ciel en bleu, 1992
La longue promenade avec un cheval mort, 1993,
Prix Alexandre Vialatte 1993

POÈMES ET TEXTES COURTS :

Heures locales, Seghers, 1977
Antarctique, Le Castor Astral, 1978
Périmètres, Éd. Dominique Bedou, 1981
Les eaux territoriales, Éd. Dominique Bedou, 1983.

FRANCIS
DANNEMARK

Choses qu'on dit la nuit entre deux villes

ROMAN

ROBERT LAFFONT

ISBN 2-221-06604-9

«... Pero yo he visto beber
hasta en los charcos del suelo.
Caprichos tiene la sed.»

Antonio Machado

Pour mes parents.

...

Ce livre est aussi pour Dominique,
le frère choisi.

Un roman, s'il n'est pas long, c'est peut-être pour qu'il puisse être lu comme on regarde un film : d'une traite. Ce n'est pas un conseil, tout au plus le point de vue d'un écrivain qui aime le cinéma.

« L'Histoire ne progresse pas,
seuls les individus progressent. »

Karl Popper

« Without love, you're just another rat. »

Alain Tanner, *La Vallée fantôme*

Première partie

Hiver

1

A la fin de l'hiver, c'est la mer qui est en vacances. Une collection de gris, qui va du plomb jusqu'aux gris clairs dont on fait de si beau regards. Du gris et puis aussi du rose à l'horizon, et le bleu incomparable du ciel quand le vent disperse les châteaux de nuages. En tout cela, personne. Comme si une loi naturelle interdisait les rassemblements, décourageait les groupes, abolissait les associations, les clubs, les armées petites et grandes.

C'est février. Entre deux tempêtes, c'est déjà le printemps, et à cette heure où le soleil se couche en éclairant le monde au niveau des vagues, la mer qui n'est pas petite devient soudain vraiment grande.

«Hello! Vous allez bien?»

La femme qui a posé cette question vient de traverser la plage qui est longue à marée basse. Elle rejoint un homme qui était là avant elle, à regarder le soleil couchant au bord de l'eau. Regardez ce type. Qui est-ce? Que fait-il? Regardez-le, écoutez-le s'il parle. Lisez par-dessus son épaule les phrases qu'il écrit.

«Allègrement, répond l'homme. Et il sourit pour

ajouter: Je me sens léger comme une virgule dans un sous-titre, tout en bas, sur le plus grand écran du monde. Approchez-vous un peu de moi, à deux on va faire point-virgule.

— C'est une proposition? fait-elle en riant.

— Non, une ponctuation!»

Le soleil est tombé dans la mer. Le point et la virgule quittent lentement le bord de l'eau. Dans la dernière lumière du jour, l'homme et la femme touchent au même instant leurs joues: elles sont tièdes encore, alors que le vent devient piquant. L'homme fredonne un air de jazz, elle lui en demande le titre et il répond: «Un mélange. C'est pour accompagner le bruit des vagues, dit-il un peu plus tard. J'ai souvent l'impression, quand je suis au bord de la mer et qu'elle est calme, surtout le soir, qu'il y a un batteur de jazz en train de jouer très lentement, qu'il frôle ses instruments et que d'une seconde à l'autre on va entendre un piano, une basse, un sax. Alors, en attendant l'orchestre, je fredonne.

— Vous croyez que la cérémonie se fera sur des airs de jazz?

— Ça ferait un beau mariage mais ça m'étonnerait. Vous êtes de la famille ou...?

— Une amie de la mariée. Et vous?

— Un otage.»

La maison, c'est une vaste et vieille villa à front de mer. Briques et bois, des balcons, des volets à toutes les fenêtres. Une de ces villas où l'on n'habite plus guère, le vent s'y engouffre, elles sont difficiles à chauffer. Mais bon, le charme reste, peut-être même se fait-il plus grand à mesure que passe le temps. On peut songer à l'amour en de tels endroits, ou à la mort ; la discrétion est assurée car tout le monde va ailleurs, au bord des mers chaudes. Les parents des futurs époux se sont mis d'accord sur cet endroit pour y célébrer le mariage. Terrain neutre — mais avec des souvenirs, les bons moments du passé, des choses qui datent de l'époque où le monde était jeune, à savoir cette époque où ils avaient eux-mêmes assez de jeunesse pour en projeter une partie sur le monde alentour.

« Mon nom, c'est Wolf, dit l'homme en arrivant à quelques mètres de la maison. Les Français disent souvent "Volf", mais j'y suis habitué.

— Je ne suis pas française, alors ça ira pour moi de dire votre nom correctement. Moi, c'est Lena — comme dans Magdalena ou Helena, au choix. Les femmes de ma famille ont souvent porté ces prénoms et j'en ai reçu la plus belle moitié. Belle, c'est une façon de parler.

— Si, c'est bien, Lena. Ça va avec vos cheveux noirs et vos boucles, avec vos dents petites et très blanches, faites pour manger des fruits.

— Et vous êtes, vous, particulièrement aimable, dit-elle en souriant, pas du tout gênée mais gentiment sceptique. C'est pour ça qu'on vous a pris en otage ? »

Le vent est gris et blanc, avec des cris d'oiseaux de mer qui font semblant de tomber du ciel et repartent d'un coup d'aile. Wolf s'est assis sur les marches de l'escalier qui mène de la plage à la villa. Il jette dans le vent le sable récolté par ses chaussures. Il regarde Lena en plissant un peu les yeux.

«Vous avez trouvé l'explication, dit-il. Si vous connaissez un peu la famille de la mariée, vous pouvez imaginer l'autre famille: c'est du même bois. Sympathiques, et toujours en train de vouloir mettre enfin de l'ordre dans le monde. Honnêtes, scrupuleux, méticuleux — et bienveillants, ce qui n'est pas courant.

— Les deux familles se connaissent depuis longtemps, non?

— Très longtemps. Mais c'est la première soudure officielle — et ils ont décidé de faire tout dans les règles. Ils sont sans doute déjà occupés à mettre sur papier les détails de la succession des arrière-petits-enfants qui sortiront de ce mariage.»

«Quelle folie, dit Lena en portant son regard de la maison vers la mer. Elle dit ça doucement, comme une simple constatation.

— Oh! mais ça les amuse, c'est un jeu. Ils le prennent sans doute trop au sérieux mais c'est leur manière d'être ensemble. Aucun d'eux n'est très riche. Parfois, je me dis qu'ils jouent au Monopoly.

— On devrait leur proposer, non?

— C'est une génération qui n'a jamais eu beaucoup le temps de jouer, ça les gênerait. Mais c'était quoi, votre question? J'ai oublié.

— La capitale du Guatemala.

— Comment?

— Si, si, fait Lena. Ma question, c'était: quelle est la capitale du Guatemala?

— Je ne sais pas.

— Sûr?

— Guadalcanal ? Guano ?

— Non !

— C'est pour y aller tout de suite ou c'est juste par curiosité ?

— Pour le plaisir.

— L'ennui, c'est que je ne sais vraiment pas. J'abandonne. Je capitule lâchement.

— Bon, j'accepte. Alors dites-moi quel genre d'otage vous êtes.

— Un otage aimable. D'ailleurs, je suis venu de mon plein gré. Je connais les deux familles depuis plusieurs années. Vous savez, j'ai passé des vacances ici, à l'époque où la villa était pleine de monde d'avril jusqu'à l'automne. Les parents de la mariée louaient la villa voisine — et deux villas, ça faisait une petite ville. Avec eux, j'ai été messager, confident, arbitre, garde champêtre. J'ai même été bouc émissaire, mais pas trop souvent. Maintenant qu'ils ont l'occasion de donner un caractère officiel à une longue amitié, ils ont tous envie de faire ça bien — régler le présent, l'avenir, et même le passé où il n'y a rien à régler. Ils veulent au fond mettre leurs montres très précisément à la même heure et je crois qu'ils comptent sur moi pour le cas où un petit grain de sable se glisserait dans tout ça.

— Drôle de travail, dit Lena.

— Ce n'est pas un travail, c'est un plaisir. S'ils se chamaillent, je fais le clown. Nez rouge, strip-tease à la mairie pendant la cérémonie, ou alors je kidnappe une religieuse, j'organise une descente au casino et on chante tous ensemble *Petit Papa Noël.* J'installe des lapins dans les lits. Des choses comme ça.

— Vraiment ?

— Pourquoi pas ? J'adore les petites bêtises. C'est

amusant et ça chasse les grands problèmes. Et puis, j'aime ces gens — sinon je ne serais pas ici. J'ai décidé de vivre encore très longtemps, cinquante ans au moins. J'aurai quatre-vingt-trois ans et je verrai quoi pour la suite des événements. Mais de toute façon, la vie n'est jamais assez longue pour qu'on puisse perdre son temps avec des gens qui ne conviennent pas.»

Lena ne répond pas tout de suite. «On a le même âge», dit-elle en remettant ses chaussures.

«Venez, je vous invite, dit Wolf en se levant pour aller vers la maison et en tendant la main à la jeune femme.

— A quoi?

— A passer la soirée avec nos vieux amis. Le gros des troupes n'arrive que demain, la maison sera encore calme. Et si je ne me trompe, ils doivent avoir tout préparé, tout vérifié cent fois et ils vont faire les ours en cage. Donc...

— On va leur proposer une partie de Monopoly.»

Il la regarde un instant en prenant un air sérieux. Puis il se met à rire. «Je ne sais pas quel âge on a, dit-il, mais je crois bien qu'on a le même âge.»

2

Le repas du soir a rassemblé tous les habitants provisoires de la maison. Deux paires de parents, une poignée de frères et sœurs, quelques enfants, des cousins et des amis et la paire de témoins, Lena et Wolf. Et la villa voisine a été louée, comme elle l'était dans le passé: des chambres en suffisance pour y loger tout le monde. Demain est un jour arrangé: mairie, restaurant, voitures, fleurs... Alors le repas devient précieux, tendre et paresseux. Une répétition de la fête sur un tempo décontracté. La sœur qui boude est allée bouder dans une chambre, le cousin qui se prend pour la lumière du monde a succombé au calva et il ronfle doucement — il se réveillera maquillé comme un clown sous la pluie et personne, vraiment personne n'aura vu que les enfants ont raflé tous les produits de beauté qui demeuraient au fond des tiroirs de la salle de bains.

Lena connaît presque tous les noms, elle connaît à peine les visages. Elle explique à Wolf que son amie et elle ont étudié ensemble à Londres, qu'elles se connaissent bien mais hors des cercles familiaux, qu'elles s'écrivent souvent quand elles sont séparées.

Et Wolf, tout en mangeant, lui dit quelques mots à propos de ceux dont elle ne sait rien. Entre deux histoires drôles que les pères s'échangent comme des boulettes de mie de pain, il raconte des anecdotes; sa voix est basse, il sourit beaucoup en les racontant, il dessine des tas de choses avec ses mains. Lena lui glisse une question à l'oreille: «Vous êtes chef d'orchestre quand vous n'êtes pas otage?

— Pas du tout, répond-il. J'ai passé autrefois deux semaines sur un petit bateau et il m'en est resté quelque chose, sans doute.

— Sur un bateau?

— Bien oui, un bateau. Petit. Avec des draps tendus dans tous les coins et une cinquantaine de kilomètres de cordes pour mettre les draps dans le bon sens. Alors j'ai appris l'essentiel pour survivre: défaire les nœuds.»

Wolf se lève. Il va vers le cousin endormi dans un fauteuil; son maquillage coule lentement. Wolf sort de sa poche un stylo et un bout de papier, il griffonne quelque chose et revient. Quelques instants après, on remarque la petite affiche: VENDU, et les rires montent. «Il avait l'air triste, sans acquéreur», fait remarquer Wolf.

Et plus tard, à sa voisine:

«Ça vous ennuie?

— Quoi?

— Mon stock d'anecdotes avec vue imprenable sur les régions cocasses ou curieuses de la vie humaine.

— Pas du tout, dit-elle. Vraiment pas.

— Je m'en doutais, fait-il en souriant.

— Pourquoi le demander alors?

— Pour le plaisir. Pour parler et pour vous entendre parler. Ma mère est originaire d'Italie; elle a toujours entretenu la conversation avec autant de ferveur qu'on entretenait jadis le feu — et je crois maintenant que c'est important.»

Elle fait oui, elle sourit, elle prend une cigarette dans le paquet qui se trouve devant lui et la glisse entre deux doigts. «Est-ce que vous avez aussi du feu?» Et il allume sa cigarette.

3

La nuit a fini par avoir raison des bavardages et des discussions, des évocations et des projets. Les chambres des deux villas se sont remplies une à une avant de s'éteindre en cascade. Wolf ne dormait pas quand le téléphone a sonné vers trois heures du matin. Sans réfléchir, il a quitté son lit, s'est habillé et a gagné la grande salle de séjour du rez-de-chaussée. Il a allumé une petite lampe et s'est mis à fouiller dans une pile de disques dont il a sorti Art Tatum. Le piano s'était mis à jouer en sourdine quand la mère de Jean, le marié attendu, est arrivée à son tour dans la pièce.

«Tu ne dors jamais, Wolf, comment tu fais?

— Venez vous asseoir. Dites-moi ce qui arrive.»

La femme était pâle, de petites rides tremblaient aux coins de ses yeux.

«Pas de mariage», dit-elle après un moment.

Puis elle expliqua. Jean venait d'être blessé dans l'hôpital où il travaillait. On l'avait appelé d'urgence. Une jeune femme victime d'une sale fracture. Le mari était arrivé et s'était mis à faire un foin du tonnerre, en accusant sa femme d'être venue à l'hôpital pour le tromper plus facilement. Bagarre avec Jean qui lui refusait l'entrée de la chambre. Coup de couteau. Puis le type s'était effondré en croyant qu'il avait tué deux personnes, sa femme d'abord, puis le médecin. Histoire classique de jalousie qui tourne mal, rien de spécial, mais Jean était blessé. Rien d'irréparable, avait expliqué sa fiancée, il serait debout dans vingt-quatre heures, mais il était très choqué, il n'arrivait pas à croire que c'était vrai.

Wolf a passé le bras autour de ses épaules, sans rien dire. Ils sont restés ainsi deux ou trois minutes, puis Wolf s'est levé. Il s'est mis à marcher lentement dans la pièce, s'est arrêté pour battre la mesure de deux doigts sur le coin d'un meuble. A glissé sa main sur le meuble brillant en disant qu'il sentait bon. « De la cire d'abeilles ? » Et la mère de Jean a souri, elle a dit : « Oui, tout juste.

— Jean a été courageux, c'est un type bien, a-t-il dit. Et il est vivant, ce qui est formidable. Si Claire dit qu'il sera sur pied dans vingt-quatre heures, c'est sûrement vrai. Alors tout est simple. On fait le mariage dans deux jours. C'est juste un problème matériel. Vous, votre mari et les parents de Claire, vous filez là-bas, vous les chouchoutez, vous les faites rire, vous leur faites oublier tout — et vous les embarquez. Le mariage, c'était demain, c'est-à-dire aujourd'hui à midi. Bon, on reporte de vingt-quatre heures. Quand vous arriverez, tout sera en ordre, ce ne sont que des détails d'intendance à régler et ça va m'amuser. »

La mère de Jean s'était mise à sourire un peu. Elle s'accrochait lentement aux propositions de Wolf. « C'est tout de même affreux, dit-elle.

— A l'époque d'Al Capone, c'était un sport quotidien, répondit Wolf en souriant. Et il y avait plus de morts que de blessés. A part ça, bien sûr que c'est affreux. Mais à cet instant, vous avez encore le choix: rester sur l'idée que c'est affreux, ou penser que c'était un jour de chance puisque Jean s'en sort bien. Personne n'est mort et tout continue.

— Tu as raison, on va aller chez eux, on va les étourdir et on va les amener ici. Et les marier en fanfare!

— Il y a quand même un sérieux problème, dit Wolf en essayant de ne pas sourire.

— Tu penses à quoi?

— Jusqu'à six heures du matin, votre mari est impossible à réveiller, ou alors il a changé!

— Oh, non!

— Il faudra donc attendre l'aube pour que vous vous mettiez tous en route. Et, au fond, c'est très bien ainsi.»

Wolf est remonté dans sa chambre. Il dort un peu, légèrement, puis il va jusqu'à la salle de bains, se douche longuement, va préparer du café dans la cuisine et ouvre les volets. Le soleil se lève. Les premiers rayons tombent dans un coin de la cuisine. C'est là que Wolf installe sa chaise. Comme font les chats, il fait jouer ses muscles les uns après les autres. Le soleil est presque chaud. Wolf allume une cigarette. Il en mêle la fumée à celle du café, pour jouer.

4

A midi, Wolf avait fini sa tournée. Avec Lena et un frère de Claire, il avait pu déplacer de vingt-quatre heures toutes les activités nuptiales. A midi dix, la mère de Jean téléphonait. Et, en bref, ça n'allait pas fort. Physiquement, Jean était déjà en état de prendre la route mais son équilibre avait été ébranlé. Sa mère avait peur qu'il renonce à se marier, Claire ne savait plus quoi faire. Wolf demanda qu'on lui passe Claire — et en quelques gestes fit comprendre autour de lui qu'il voulait parler tranquillement.

Cinq minutes plus tard, il appelait tout le monde:

«Le match est encore remis!»

Et ils passèrent une petite heure à mettre au point les détails de ce qu'il fallait faire pour que le mariage, reporté au samedi suivant, donc une semaine plus tard, puisse se dérouler normalement. L'après-midi s'écoula en coups de téléphone, en courses ici et là. La tension s'était apaisée pour faire place à un mélange de fatigue et de bonne humeur. Entre la visite au maire et la discussion avec le patron du restaurant, Wolf avait dit à Lena qu'il comptait passer la semaine sur place, qu'il finirait un travail tout en prenant quelques jours de vacances improvisées. «Et vous?» avait-il demandé, avec juste une petite pression dans la voix, comme un doigt qui frôle un doigt, presque fortuitement.

A la tombée du jour, ils étaient une dizaine à s'embrasser, à se souhaiter bonne route, à samedi prochain! Certains partaient immédiatement, d'autres le lendemain matin. Lena avait pu, après quelques coups de téléphone, s'arranger pour avancer d'un mois la semaine de congé qu'elle avait programmée pour le début du printemps.

Tard le soir, seuls restaient dans le salon Wolf et Lena. Les partants du lendemain s'étaient couchés. «Il y a toute une collection de disques de jazz, dit Wolf, ça vous dit?» — et il avait fait un choix. A la fin d'un long morceau magnifique de John Coltrane, Lena avait demandé à Wolf si elle pouvait lui poser une question indiscrète, il avait dit oui, elle avait dit qu'il ne devait pas répondre s'il n'en avait pas envie.

Lena se demandait s'il n'avait pas eu envie d'aller voir Jean et Claire. D'après ce que lui avait dit Claire, Jean et lui étaient de vieux amis, ils étaient, ou avaient été, très proches.

«C'est exact.

— Qu'est-ce qui est exact? demanda Lena.

— Nous sommes de vieux amis: nous avons longtemps été proches.»

Lena avait enlevé ses courtes bottes et s'était allongée sur un divan. Elle passait une main dans ses cheveux légèrement bouclés.

«L'air marin, c'est de la colle dans des cheveux comme les miens, dit-elle.

— Dans de beaux cheveux, l'air marin est un parfum, répondit Wolf.

— De la colle parfumée, alors!

— Si je n'avais pas besoin de mes mains pour parler, et si je n'avais pas besoin de parler pour répondre à votre question, j'en glisserais une dans vos cheveux.»

Lena se mit à rire. Et puis: «Que feriez-vous de l'autre?

— L'autre quoi?

— L'autre main!

— Je vous raconterais une histoire.

— Racontez-la tout de suite!

— Plus tard, dit Wolf, c'est une histoire sans paroles.»

«Jean et moi, dit Wolf, c'est une longue histoire, comme toutes les histoires qui remontent à l'enfance. Pour moi, elle commence maintenant à être relativement claire, mais je ne suis pas sûr de pouvoir la raconter clairement, et sans trop d'injustice ou de cruauté. J'essaie malgré tout?

— Si l'histoire est affreuse, je n'écouterai que votre voix. J'aime bien les voix douces qui disent des histoires quand la nuit est tranquille.»

Wolf met un nouveau disque et c'est sur la musique de Coleman Hawkins qu'il se met à parler.

«Cette histoire, elle existe déjà en plusieurs versions différentes. Je l'ai racontée à moi-même plus d'une fois, et partiellement à plusieurs personnes. Elle ne m'a jamais paru satisfaisante et je ne suis pas sûr qu'aujourd'hui elle le sera davantage. Et pourtant... J'ai pu, depuis ce matin, depuis le moment où j'ai appris les événements et aussi depuis ma conversation de ce midi avec sa mère et avec Claire, j'ai pu mettre en place ce que je crois être les dernières pièces importantes. Jean et moi sommes devenus des amis à douze ans, sur les bancs de l'école. Nous habitions la même rue, nous avions mille occasions de nous voir et nous avons pris l'habitude d'être ensemble, de partager nos loisirs en plus de nos heures d'école. Je pense que nous ne nous sommes jamais choisis vraiment comme amis; pour ce qui est du choix, la vie s'en est chargée. Simplement, on n'a pas dit non. Nous avons bientôt formé une paire d'amis du genre Laurel et Hardy: nos caractères étaient si différents, moi impulsif, intuitif, extraverti et lui peu enclin à se confier, raisonnable et épris de logique. Le choc aurait pu être explosif, il a été enrichissant. Les années ont passé sans nous séparer; elles nous ont appris à nous respecter alors que tant de traits nous opposaient et que venaient d'autres amitiés, et puis des histoires où l'amour commençait à prendre la première place. Quand des amis sont très différents l'un de l'autre, ça peut faire des équipes formidables. Ce qui est sûr, c'est que le tandem qu'on formait, Jean et moi, c'était une bonne équipe, bien rodée. On se comprenait vite, sans devoir se perdre en discussions. C'est après avoir quitté l'université qu'on s'est mis à évoluer différemment. Mon caractère ne m'a pas fait refuser les bizarreries de la vie; le sien l'a poussé à trouver des rails clairs et précis. J'ai accepté les surprises, bonnes et mauvaises; il s'est mis à l'abri de l'imprévu. Plus d'une fois, je me suis cassé la figure. Et je me suis fait parfois très mal. Les détails, ce serait trop long à raconter — d'autant plus que ce ne sont pas des détails, au fond, mais bon, je raconterai l'histoire complète de ma vie une autre fois. Vu de l'extérieur, je suis pour certains un plaisantin qui a gaspillé dix années de sa vie. C'est un point de vue qui se défend. Mais mon point de vue, c'est que j'ai pu devenir quelqu'un de libre, en tout cas libre d'être moi-même.

« Moi qui pensais tellement à la mort, j'ai vu un jour la mienne de si près que ça m'a permis de répondre simplement à la question du sens de la vie : la vie, ça sert à être vécu, et en en tirant le maximum de plaisir. Aucun lendemain n'est garanti, et il n'y a aucun paradis, aucune récompense pour ceux qui ratent glorieusement leur vie. Si on n'est pas soi-même quand on est vivant, on le sera quand ? Bref...

« Et j'ai revu mon ami Jean. Il était celui que j'avais connu pendant des années, ça aurait pu me rassurer. Mais n'ayant pas évolué, il avait reculé. Du moins c'est ainsi que je l'ai vu. Sa droiture m'est apparue comme de la rigidité, ses raisonnements logiques s'étaient figés et je les entendais en me demandant s'il en mesurait l'absurdité : c'était sans rapport avec la réalité de la vie, juste des trucs formels pleins d'idées toutes faites. Maladroitement, j'ai voulu le secouer, lui demander ce qu'il avait fichu de son goût pour la vie. J'ai insisté, de plus en plus maladroitement sans doute, parce que c'était plus un frère qu'un ami. »

Wolf s'assied dans un fauteuil, en face de Lena, il allume une cigarette et poursuit lentement :

« On ne change pas les gens, on peut juste les aider s'ils le demandent. Et être là, pour qu'ils puissent demander s'ils en ont envie. Je savais ça — et je suis passé outre. J'ai voulu forcer le cours des choses. Pour une bêtise, on s'est disputés. C'est-à-dire que je lui ai sorti ses quatre vérités sans mettre de gants et que j'ai cessé de le voir du jour au lendemain.

« Bien sûr, nos amis communs s'en sont mêlés : on ne brise pas comme ça une si vieille et si belle amitié. On m'a reproché d'être trop exigeant et, surtout, de manquer de respect à l'égard de Jean. J'étais son ami et je ne l'acceptais pas tel qu'il était. J'ai mal encaissé ce reproche, je me suis senti dégueulasse : il m'avait tant aidé, il m'avait si souvent écouté, nous avions échangé tant de choses, lui avec ses silences et moi avec mes bavardages.

« Mais au fond de moi-même, je n'étais pas d'accord avec le reproche qu'on me faisait. J'avais l'impression que c'était le respect que j'avais pour lui, pour tout ce que j'avais appris de l'appétit de vivre qui était en lui, que c'était ce respect précisément qui me poussait à le secouer, à l'invectiver pour le réveiller. Un type bien qui devient un vieux con, ça existe. J'en avais vu assez au fil des années, dans mes randonnées « bizarres ». Et j'avais bien failli devenir moi-même quelqu'un de moche, dans le genre dépressif chronique dont la seule capacité est de boire chaque jour plus d'alcool que la veille.

« Jean ne buvait pas, ne fumait pas des crasses : il se momifiait. Je ne trouvais pas ça mieux. On m'a dit : Fiche-lui la paix, c'est son droit, non ? Alors, je me suis demandé pourquoi j'étais le seul à le secouer. La réponse que j'ai trouvée était simple, peut-être trop simple, mais je l'ai gardée : les défauts des uns font parfois le bonheur des autres. Au fond, on les aime bien, les fous du travail qui bossent deux fois plus que tout le monde, les obsessionnels qui ont le goût du rangement, les frustrés qui n'osent jamais dire non et qui feraient cinquante bornes dans la neige pour aller rechercher la valise qu'on a oubliée — juste pour se faire aimer, comme des chiens, parce que c'est mieux que pas d'amour du tout. On pourrait leur dire d'arrêter ce cirque, merde, qu'on les aime sans ça — mais qui est-ce qui irait chercher la valise ? Qui ?»

Wolf s'est tu. Après un moment, il dit seulement :

«Le disque est terminé.»

Lena lui sourit. Elle quitte un instant son divan pour aller remettre de la musique.

«Les gens qui sont libres ne vivent pas très bien avec ceux qui ne le sont pas ou pas assez, dit-elle. Et je parie que vous pensez de temps en temps que vous êtes un salaud.

— Bien sûr. Parce que si je suis devenu ce que je suis, c'est parce que j'ai eu de la chance. Je ne peux pas reprocher à quelqu'un de n'avoir pas eu la même chance.

— C'est uniquement une question de chance ?

— Plus qu'on ne le croit, dit Wolf. Livré à lui-même, un individu, c'est peu de chose. Ce qui le fait progresser, ce qui lui permet de s'améliorer, c'est le contact, sous des formes diverses, avec d'autres humains. Et qui choisit les rencontres qu'il va faire ?

— Ni vous ni moi. Mais on rencontre tous des tas de gens, et il y en a fatalement qui nous conviennent. C'est donc une question d'éducation : apprendre à se connaître et accepter de rencontrer les autres sans préjugés. Pardon, je parle comme un prof...

— J'ai enseigné un peu, autrefois, dit Wolf. Vous aussi ?

— Oui. Oui, un court moment, puis j'ai arrêté. C'était trop difficile pour moi. Je ne sais même plus poser des questions de prof. Est-ce qu'un prof demanderait : Alors, toujours l'impression d'être un salaud ?

— Vous savez que non, dit Wolf. Je pense souvent à une phrase de Shakespeare : "Je dois être cruel rien que pour être humain." Cruel, je l'ai été. Et même si c'était pour me défendre, je regrette de l'avoir été. J'ai souvent dit la vérité quand j'aurais dû me taire... J'essaie maintenant de ne pas oublier que chacun fait ce qu'il peut, que la vie est difficile pour tout le monde. J'apprends lentement la compassion. Le mot fait sourire aujourd'hui — mais ceux qui en sourient ont tort. Tout le monde meurt. Tout le monde souffre un jour.

— Si je mettais *A love supreme*? demande Lena. Je l'ai vu dans les titres de Coltrane qui sont ici.

— Je suis content de vous avoir demandé de rester, dit Wolf.

— Je suis contente d'être restée sans que vous le demandiez, dit Lena en riant. »

5

Wolf ouvre les yeux. Ce qu'il voit d'abord, c'est Lena endormie sur le canapé, un sourire aux lèvres. Il la regarde un moment avant de fermer les yeux, pour se concentrer sur les odeurs et les bruits. Le fond musical, c'est la mer; viennent s'y ajouter un volet qu'un peu de vent fait grincer, les haut-parleurs qui ne diffusent plus qu'un très léger grésillement et au milieu de tout cela, doucement, la respiration de la jeune femme. Elle cache en dormant ses mains sous ses cheveux et d'un mouvement à l'autre, au rythme de la respiration, elle laisse passer un doigt, deux doigts entre les boucles foncées qui prennent des reflets cuivrés puis dorés dans la lumière basse de la pièce. Il y traîne un souvenir parfumé de cigarettes, Wolf a envie d'en allumer une mais il attend, il quitte son fauteuil et s'assied par terre, son visage à hauteur de celui de la femme qui dort et alors d'autres odeurs lui viennent, laine et poussière et crème solaire, et vêtements qui gardent l'odeur de la peau, et un discret parfum entre vanille et cannelle. Il ferme encore les yeux. Quand il les rouvre, Lena a ouvert les siens et le regarde. « Vous avez bien dormi ? finit-il par dire.

— Très très bien, dit-elle, et vous ?

— Moi, j'ai dormi un peu. Et puis je vous ai respirée.

— Cocaïne ou opium ? fait-elle.

— En matière de drogues, je n'en connais qu'une qui me plaise et me convienne. Bryan Ferry vous le chanterait très bien.

— Oui, dit-elle avec un petit soupir, *love is the drug*. Et ça fait de drôles de blessures. »

Puis elle retrouve son sourire et lui demande l'heure.

« Trop tard pour se coucher, dit-il, et trop tôt pour se léver. Je vais continuer à camper ici jusqu'au moment de faire du café et d'aller réveiller tout le monde. Ils ont du chemin à faire et je suppose qu'ils se mettront tôt en route.

— Moi non plus, je ne bouge pas. Dans mon sommeil, j'ai pensé à l'histoire que vous m'avez racontée. Elle est terminée ?

— Non, dit Wolf.

— Finissez-la alors.

— Vraiment ? Je me remets dans mon fauteuil et je continue. Je vous donne une couverture, un manteau... ?

— Une cigarette et de la musique », dit-elle.

« Pendant un certain nombre d'années, je n'ai guère vu mon père. Il m'aimait, je l'aimais — mais on ne parlait pas souvent. Pour diverses raisons, il était plus absent que présent, au propre et au figuré. On se croisait. Tant que j'y pense, il est allemand, mon père, et officiellement, je m'appelle Wolfgang. Ça fait Wolf; ça fait aussi Gangster. Quand la vie était tranquille, c'est ainsi que m'appelaient mon père et ma mère — et ça m'amusait beaucoup. Rien que pour ça, j'aurais pu les aimer. Bref, mon père était drôle mais souvent invisible. La vie qui bat les cartes d'une manière étonnante s'est débrouillée pour m'offrir une solution: un père faisant fonction, en quelque sorte. Je n'avais pas d'oncle dans les parages et ma mère n'avait pas d'amants; mes professeurs, ils m'apprenaient à penser plus qu'à vivre, et comme je me débrouillais bien pour penser, ils ont eu la sagesse de me faire confiance et de me laisser trouver des chemins qui me convenaient. Le père intérimaire, ça a été Jean, mon ami Jean, mon presque frère. C'est tout bête, dit comme ça; n'empêche, il a fallu des années pour que je comprenne que c'était ça qui était arrivé.

«A quinze ans, Jean était dans la catégorie "parents". Il était la loi incarnée. Les interdits, les règles, les règlements de toute sorte, il les avait intégrés et les respectait à la lettre. Pourquoi? Je pourrais expliquer mais ça servirait à quoi? C'était comme ça. Je trouvais ça curieux, mais bon, je le connaissais, j'avais l'habitude qu'il soit ainsi. Et je l'aimais beaucoup tel qu'il était. L'affection faisait oublier l'agacement: je le trouvais plus catholique que le pape, et ce n'était pas une impression! C'était donc le plus stable des points de repère.

«Je n'étais pas son fils, j'étais son ami. Nous étions égaux. Il m'a donc appris la loi sans que je sois obligé d'y obéir. Et je pense maintenant que ça a été une grande chance pour moi, que c'est là une des choses qui m'ont permis de devenir quelqu'un de libre; nul n'a jamais entravé mes recherches.

«Parfois, j'ai pensé que Jean, s'il avait été mon père, m'aurait détruit. Je ne sais pas ce que je serais devenu s'il avait disposé de l'autorité d'un vrai père. C'est une idée inutile, puisque ce n'est pas ça qui s'est passé; mais j'ai eu une sorte de peur rétrospective en pensant à ça — et de là est née la colère qui a engendré notre dispute. Je l'ai insulté comme un fils qui se révolte contre son père, pas comme un ami. Et la confusion des rôles, ce n'est jamais une bonne chose.

— C'est là que les choses en sont? demande Lena.

— Oui. J'attends que le temps passe. J'ai malheureusement dit des choses qui n'étaient pas fausses. Mes colères sont rares, mais elles sont froides, affreusement brutales parce que je ne mens pas. Je ne dis pas non plus la vérité, non, je n'en dis que la moitié moche, la partie sombre, la face pas brillante. Jean a d'immenses qualités; ce sont toutes ses défaillances que je lui ai montrées. Ce serait mon père, ça s'arrangerait plus facilement; à son père, on peut dire: "T'es un emmerdeur, mais tu es mon père et de toute façon, je t'aime."

— C'est compliqué, dit Lena, vraiment compliqué.

— Mais ça s'arrangera. En tout cas, je l'espère. J'ai à faire une chose qui est bien difficile pour moi: laisser passer un peu de temps sans rien faire. J'ai envie de faire la paix. J'ai aussi envie de rendre à Jean ce qu'il m'a donné autrefois. Je l'ai volontairement blessé, avec l'espoir de traverser le blindage dans lequel il s'est barricadé. Je n'aimerais pas qu'il se dessèche sous des couches de théories, de règlements et de raisonnements. Il vaut bien mieux que ça.

— Qu'est-ce qui vous embête vraiment pour l'instant ? demande Lena. Le coup de couteau ? »

Wolf quitte son fauteuil. Il va ouvrir les volets. Il dit que le jour ne va pas tarder à se lever.

Debout devant la fenêtre, il se met à fredonner.

« Pour ce qui est de l'accident d'hier, oui, ça m'embête. C'est peut-être la meilleure des choses, peut-être la pire. Je n'en sais rien. S'il était ici, mon père me dirait que je n'ai pas changé, que je pense trop ; que si j'ai agi en faisant de mon mieux, je dois maintenant laisser tourner la roue car ce n'est pas moi qui décide du chiffre qui sortira.

— Vous parlez de qui, là ? demande Lena en venant elle aussi près de la fenêtre.

— De mon père. De l'homme qui m'appelle Gangster. Nous nous sommes retrouvés, ou simplement trouvés il y a quelques années. Et nous sommes devenus bons amis. »

Wolf rit, un rire franc, léger. De la main, il montre l'endroit de l'horizon où une vague clarté signale que le soleil va apparaître. Il ouvre les deux battants de la fenêtre.

« C'est beau, dit-il, vraiment beau. »

Il quitte Lena un instant. Quelques craquements se font entendre, puis quelques mesures de piano. Et quand le soleil sort de l'eau, c'est tout un orchestre qui décolle, saxophones et trompettes en tête.

« Vous êtes un drôle d'homme, dit Lena un peu plus tard. Je ne vous ai rien dit, rien du tout. C'est vous qui avez parlé et j'ai l'impression que vous me connaissez, que vous savez qui je suis.

— Je vous ai beaucoup regardée, répond-il. Je vous ai respirée pendant que vous dormiez. C'est tout. Quand j'étais petit, j'ai reçu une boîte de magie, une encyclopédie et aussi la boîte du "Petit Chimiste" : j'ai tout mélangé !»

Lena rit.

«Il faudrait refermer la fenêtre, dit Wolf. On se gèle les seins maintenant.»

Le rire de Lena redouble.

«Mon Dieu, quelle formule, finit-elle par dire.

— Ce n'est pas de moi, dit Wolf. Je l'ai empruntée à un ami qui avait très noblement décidé d'apporter sa contribution à la cause des femmes.

— Très noble en effet, dit Lena.

— Pour tout dire, ajoute Wolf, il était amoureux d'une femme qui avait dit plusieurs fois qu'elle n'épouserait jamais un homme qui dit : "On se gèle les couilles ici", même pour rire.

— Que sont-ils devenus ? demande Lena en souriant.

— Un couple très heureux. Leur humour, comme leur amour, est intact. La preuve : quand il dit : "On se gèle les seins", ce qui n'est pas rare car il est frileux, elle lui dit qu'elle s'en fiche, que ce sont ses couilles qui lui plaisent.»

Le sourire de Lena s'est agrandi jusqu'à faire pétiller son regard. A l'horizon, bien accroché dans le ciel immense qui prouve en bleu que la vie est infinie, le soleil entame son ascension quotidienne.

Wolf a refermé la fenêtre. Il dit, comme dans un rêve :

« Le roi très généreux des maladroits fait tomber de l'or partout, et c'est de tous les rois le plus heureux... Allons réveiller tout le monde maintenant !

— En musique ?

— En musique ! »

6

Tout le monde est parti et le calme silence qui vient de la mer met en relief les musiques dont Wolf et Lena remplissent la villa. La lumière rasante de la fin d'après-midi semble glisser sur les vagues en s'accordant au rythme des mélodies sorties du piano de Bill Evans. Wolf demande à Lena si elle n'a pas envie de puiser un peu dans la collection de musique classique, le choix est grand, il y a peut-être des choses qu'elle aimerait écouter. Mais non, elle préfère continuer à écouter du jazz. La musique classique, dit-elle en souriant, c'est très beau mais c'est la musique des gens parfaits — ou qui voudraient l'être.

«C'est peut-être parce qu'elle est tout entière dirigée vers la fin, dit Wolf, et que c'est donc une musique efficace, une musique économique, calculatrice. L'émotion qu'elle produit, c'est quelque chose de bien particulier: quelque chose qui est de l'ordre de l'extrême contrôle, sur le monde, sur soi-même. La joie à la fin d'un morceau, parfois ça me fait penser au plaisir du mathématicien quand il peut mettre C.Q.F.D. à la fin de son travail.»

Lena réfléchit un moment, elle dit: «Oui, c'est un

peu ça, c'est un plaisir plus cérébral que celui qu'il y a dans le jazz; le jazz tourne en rond, comme dit un de mes amis — qui n'aime pas cette musique et qui, j'ai l'impression, a envie de dire que le jazz, c'est agaçant, ça ne sert à rien.»

Lena a repris sur le grand divan sa place de la nuit et elle lit. A mesure qu'elle en termine la lecture, elle dépose sur une table basse les feuilles dactylographiées qu'elle pêche sur ses cuisses. Wolf, assis à la grande table, feuillette des dossiers, note des bouts de phrases sur une feuille, suce son crayon en fredonnant.

«Il faut de tout, dit-il longtemps après la dernière parole de Lena, il faut de la musique pour le plaisir, de la musique qui tourne en rond, et il faut de la musique pour le plaisir d'être sérieux — de la musique pour jouer, de la musique pour travailler, des airs pour les mains et les pieds et puis des airs pour la tête. Parfois, j'aime beaucoup la "grande musique", comme on disait autrefois, et presque toujours je l'admire — mais il y a tant de choses actuellement qui s'adressent à mon esprit, à mon sens de la raison et de l'ordre, que j'en reste de plus en plus souvent au stade de l'admiration.»

Lena rit. Wolf lui demande si elle vient de lire quelque chose de drôle.

«Non, pas du tout. Ce que vous dites me rappelle une histoire. Un jour, l'ami qui me disait que le jazz tourne en rond m'a fait un cadeau, un cadeau fort beau, vraiment: il m'a invitée à un week-end musical. C'était dans un joli château, tout était magnifique et il y avait tout un lot de musiciens de renom. Le grand moment du week-end, c'était le samedi soir, avec un concert consacré aux œuvres les plus achevées de la musique, ça couvrait trois siècles, ça commençait à cinq heures et ça allait jusque tard dans la nuit. Moi qui ne suis pas une cinglée des jeux de mots, j'ai quand même demandé si on ne pouvait pas les achever plus vite, ces œuvres déjà si achevées. Dans un milieu comme celui qui peuplait le château ce week-end, ça a été comme un glaçon qu'on glisse dans le dos de la maîtresse de maison. Mais bon, c'étaient des snobs modèle standard, ils avaient tellement l'habitude de bluffer qu'ils n'ont rien dit, ils ont juste fait un effort pour grandir de deux centimètres, histoire de me mépriser de plus haut. Mon ami et moi, on s'est installés pour écouter. C'était bien. Mais à neuf heures, je suis allée me coucher en profitant de la pause du repas. Après, il m'a demandé si je n'aimais pas et je lui ai répondu que j'étais sincèrement pleine d'admiration. Il ne pigeait pas pourquoi j'étais partie. Cette musique, je lui ai dit, pour moi c'est comme aimer quelqu'un sans jamais se toucher, sans s'embrasser — et ça ne me suffit pas.

— Comment s'est terminé le week-end?

— Bien. Mais il ne m'a plus jamais invitée à un concert!

— Ça valait mieux, sans doute, dit Wolf, vous auriez peut-être fini par mettre vraiment des glaçons dans le cou des gens.

— Les fous de ce genre de musique sont assez froids comme ça, inutile d'en rajouter, dit Lena en retrouvant lentement son sérieux. Vous avez raison, il faut de tout, pour tous les caractères. Pour moi, il n'y a pas assez de joie de vivre dans la musique classique, c'est un peu trop rigide.

— Le monde se transforme, dit Wolf. Je veux dire que ce qui était capital, comme mettre de l'ordre et de la clarté dans la musique — et donc dans le monde — peut ne plus l'être : ce qui est fait n'est plus à faire. Quand j'écoute Gould jouer des œuvres de Bach, je ne me sens pas concerné mais je suis ému. C'est comme faire un voyage dans le passé. La rigueur de la musique me dit quelque chose du monde à l'époque où on l'a composée. Contre quoi les gens se battaient, quelles peurs. Ce qu'il fallait construire. Mais bon, ce ne sont que des impressions. Et j'ai l'impression d'abord que le jour s'achève, ensuite que les paroles ne nourrissent pas et enfin que je vais vous inviter à aller manger. Oui ?

— Je suis prête dans un quart d'heure », dit Lena.

7

Lena est revenue dans un long manteau de peau souple, un bijou d'argent à l'index de la main gauche et du bleu parfait pour souligner les yeux. « Vous conduisez et moi je m'occupe de la route à suivre », dit-elle à Wolf qui lui a demandé si elle avait une idée. « Vous n'avez rien contre les vieilles voitures pas trop rapides, avec un moteur qui fait un bruit de camion quand on le met en marche ? » demande Wolf. « Ça a l'air bien », dit-elle.

Ils ont choisi une ville située à une trentaine de kilomètres pour y chercher un restaurant. En route, ils se disent qu'ils n'ont pas parlé de ce qu'ils faisaient comme métier, ils décident d'en parler chacun à son tour, dix minutes et on n'en parle plus.

Lena a fait des études d'histoire. Elle a enseigné, un peu en Europe, un peu en Afrique du Nord. Elle a quitté l'Afrique et l'enseignement, s'est mise à écrire des articles pour des revues, a rencontré par hasard quelqu'un qui lui a proposé de collaborer à une émission culturelle sur une chaîne de télévision privée qui avait besoin de rehausser son niveau sans perdre son audience, donc peu de chances d'avoir plus de trente minutes d'antenne par semaine, et jamais avant vingt-trois heures, «c'est libre comme un rêve, dit-elle, ça m'amuse, j'arrêterai quand j'en aurai vraiment marre d'être mal payée mais c'est le sort des intellectuels, les gens qui paient estiment que penser n'est pas un travail, on croirait parfois que rien n'a changé, non?» Et Wolf sourit pour dire oui, c'est dur, l'argent circule toujours aussi bizarrement. Il a fait, lui, des études de langues anciennes. L'enseignement ne l'a occupé qu'un ou deux trimestres, qui s'intéresse à la langue de Cicéron? Puis des reportages pour un journal de province, avec la rubrique cinématographique et les critiques musicales. Il a publié quelques livres, exclusivement des recueils de nouvelles: «Je n'en vends pas plus de cinq cents exemplaires, dit-il, ce qui est beaucoup dans un domaine aussi sclérosé que la littérature francophone, mais bon, je n'aime plus parler de littérature, j'ai la chance d'avoir un éditeur qui aime un écrivain aussi anti-parisien que moi — et je n'écris plus que pour mon plaisir et celui de mes amis, je gagne ma vie en me promenant maintenant: je fais des recherches, des repérages — pour un ami qui est agent immobilier, pas un requin, un type qui est architecte et qui restaure des maisons abandonnées, stop, tout est dit — ou presque mais c'est assez, non?»

Lena a pris sur le siège arrière de la voiture une grande boîte à chaussures pleine de cassettes. «Il y en a d'autres dans le coffre, dit Wolf, et aussi sous les sièges et dans la boîte à gants. J'ai toujours peur de rester coincé dans une tempête de neige pour tout l'hiver et je pense qu'avec de la musique, je pourrais tenir.

— Vous êtes un homme pratique, dit Lena.

— A ma façon. Dans le coffre, j'ai aussi une couverture.

— Pour vos amies?

— Et pour emballer les cassettes, dit Wolf en riant.

— Où est-ce qu'on est? demande la jeune femme.

— Vous croyez qu'on s'est perdus?

— On dirait. Ou alors on tourne en rond.

— Dans la boîte à gants, en plus des cassettes, il y a une carte de la région. Mais on va retrouver notre chemin. Quand je suis perdu, je me dis que je suis perdu quelque part. C'est bête mais ça me rassure.

— Ce n'est pas si bête que ça, fait Lena. C'est simple.»

Dans la lumière des phares, le nom de la ville apparaît, et très vite, il dit que son souvenir de la région maintenant devrait le guider, et bientôt, sur une petite place bordée de maisons anciennes, il lui montre une enseigne, c'est là, on y mange des poissons meilleurs les uns que les autres.

«On dirait une alliance», dit Lena.

Wolf regarde sa main. Il enlève l'anneau, le remet à son doigt. Il dit que c'en est une, qu'il est séparé de sa femme depuis plusieurs années, qu'il conserve peut-être l'alliance pour ce qu'il y a d'inscrit à l'intérieur. Et Lena regarde l'homme qui dit tout ça calmement, avec une voix douce, et elle attend que ses yeux reviennent bien en face des siens pour lui poser sans un mot des questions qu'on ne pose pas. Et lui, sans rien dire, sans cesser de sourire un peu, il met deux doigts à son poignet, comme on prendrait le pouls, non, comme on frotte une feuille de menthe pour en délivrer le parfum, et elle ferme un peu les yeux, elle fait durer la minuscule caresse.

«Il y a une question dans cet anneau. Les mots gravés n'ont rien d'une formule magique. Juste "Qui suis-je?" et deux prénoms. C'était une vraie question. C'est un peu puéril, peut-être — et je pense que ça a même paru ridicule à certains. Mais même quand je me posais cette question et que la réponse n'arrêtait pas de m'échapper, je me fichais de l'avis des gens, j'écoutais et, même si c'était difficile, je ne tenais finalement compte que de ce que moi je sentais. J'ai été marié. J'étais très jeune quand je me suis marié. J'ai fusionné avec quelqu'un — et c'était quelqu'un de bien, je ne vois pas une autre façon de le dire. Quand on se mêle l'un à l'autre, un homme et une femme très jeunes, ça fait un mélange très particulier, affreux et merveilleux en même temps. Vous savez, la fusion de deux personnes, ça ne marche que s'il s'agit de deux personnes incomplètes. On sait ça après. Quand chacun a atteint sa vraie dimension et que l'enveloppe se déchire. On a eu de la chance, moi en tout cas mais elle aussi j'espère, ce serait à elle de le dire, on a eu de la chance car il y a de quoi s'asphyxier dans un système pareil, on vit à l'étroit, on s'aide à survivre en ayant peur que l'autre prenne plus que sa part d'air s'il évolue, et en même temps c'est ça le but, évoluer, alors qu'on sait bien, au fond, qu'il n'y a pas des masses de chances pour qu'on s'en sorte l'un dans le même moment que l'autre, et que donc l'on se perdra. On fusionne pour grandir, on se sépare quand on manque de place pour grandir encore et alors, un jour, on voit qu'on a la réponse, et c'est si simple qu'il y a de quoi en pleurer, non: en rire. Qui suis-je ? Je suis moi. »

Lena allume une cigarette. Elle la dépose dans le cendrier et met sa main sur celle de Wolf. « Et maintenant vous cherchez quelqu'un, dit-elle, et vous êtes parfois fatigué des amours de passage, et vous vous demandez quand vous la rencontrerez, la femme qui sera elle-même comme vous êtes, vous, devenu quelqu'un qui sait qui il est — la femme qui vous aimera et que vous aimerez, car pour compliquer les choses, je parie qu'il n'y a qu'un grand amour qui vous intéresse, et ça me fait plaisir, je me sens bien ce soir, je suis heureuse d'être avec quelqu'un qui cherche dans la même direction que moi, ce n'est pas si courant, et si je n'avais pas peur d'être bête... — d'ailleurs, je n'en ai pas peur, et j'ai envie de dire que vous rencontrerez quelqu'un, comment dire ? quelqu'un de votre race un jour ou l'autre, et j'espère que ce sera bientôt. Alors, vous enlèverez votre anneau ancien, sans regrets vains et sans plus de chagrin. Je vous souhaite ça, vraiment. »

Le menton appuyé au creux d'une main, Wolf sourit. Ses doigts sont ouverts sur son visage et Lena regarde cet œil que viennent encadrer deux doigts très longs qui forment un V. Et plus tard, après avoir mangé en parlant de voyages et confronté des souvenirs heureux, après avoir abusé d'une immense tarte aux pommes pour couronner un repas déjà fort copieux, l'homme et la femme boivent du café, et l'homme dit : « Et vous, dites-moi... », et elle dit qu'il a raison, que c'est son tour maintenant, que ce n'est pas facile, que la vie peut-être n'est facile pour personne, mais ce soir oui.

«J'ai vécu longtemps avec quelqu'un, dit Lena, et maintenant c'est fini, et même si, au fond de moi, je suis contente que ce soit fini — c'est peut-être grâce à vous que je m'en rends compte, votre drôle de façon de regarder les choses, je ne sais pas —, si je suis contente, c'est quand même pénible parfois, je crois qu'il me faudra du temps pour enterrer ce qui doit l'être, les espoirs déçus, les rêves cassés, bon, tout ce que j'avais mis de moi-même dans cette histoire, les efforts que j'avais faits pour que ce soit ma vie et qu'il n'y ait pas d'histoire à raconter, juste le bonheur qui lui ne se raconte pas, tout le monde sait ça. Pour le moment, je suis pleine de tout ça, je suis un peu...»

Wolf attend la suite qui ne vient pas, ou une larme, puis il dit: «Amère?» et elle fait signe que oui, un peu.

«Reprenez du café, dit Wolf, du café fort, sans lait ni sucre.

— Je ne suis pas fatiguée, dit-elle sur le ton d'une conclusion triste.

— Mais ce n'est pas pour lutter contre la fatigue. C'est autre chose. Autrefois, quand ma vie s'est mise à ressembler à une ville bombardée, je suis devenu amer — et c'était normal, je croyais, et je me suis habitué au goût de l'amertume. C'est un poison, c'est le pire des poisons à mon avis, parce qu'on commence à ne plus rien aimer, ni soi ni personne ni rien du tout. On se transforme en gros paquet d'amertume, aveugle et insensible. Moche. Et puis j'ai rencontré une vieille dame, je devais l'interviewer pour qu'elle raconte quelques souvenirs, elle avait vécu avec un peintre mort depuis plusieurs années et dont la cote venait de se mettre à grimper. Pour le type amer que je devenais, c'était un sujet idéal. Mais elle m'a réveillé, elle s'est arrêtée brusquement de répondre à mes questions et m'a dit: "Une seconde, c'est vous qui êtes malheureux pour l'instant, pas moi!" Et c'était vrai, je mettais mon amertume partout. Elle m'a dit que si j'étais triste, je pouvais pleurer et que si j'étais en colère, elle avait des bibelots à casser, que tout valait mieux que d'être amer. Quand on a besoin d'amertume, a-t-elle ajouté, ce qui peut arriver parfois, on prend un café, noir, et on fume un peu de tabac âcre en plus si c'est nécessaire. J'ai retenu la recette. Et pendant des mois, j'ai bu beaucoup de café. Maintenant, j'en bois moins, et je le choisis plus doux, avec une pointe seulement d'amertume — et ce n'est plus une blessure, rien qu'une cicatrice légère, qui n'en a pas?»

La larme au coin de l'œil de Lena s'est mise à rouler, et Wolf a attendu qu'elle atteigne le menton pour la cueillir du bout de l'index. «Coccinelle», dit-il, et Lena sourit, et sans cesser de sourire elle lui dit: «Bon, va pour le café, deux pour commencer, on verra après.»

«Tout a été bien, dit-elle, pendant des années, trois au moins, et puis je ne sais pas ce qui est arrivé, la vie a changé, je veux dire: des difficultés sont apparues, des problèmes de travail pour lui et pour moi, l'obligation de changer soit d'activités soit de lieu, comme ça arrive à tant de gens. J'ai changé de travail, lui pas. Sa situation s'est lentement détériorée, pendant que la mienne s'améliorait. C'est ce qu'il disait en tout cas, que tout tournait dans mon sens, et rien dans le sien. Je me suis rendu compte après que ce n'était pas vrai, j'avais autant de problèmes que lui, mais je les prenais avec un peu de bonne humeur, je pensais que c'était un mauvais passage qui n'allait pas durer toujours. Vous avez raison : l'amertume est le pire des poisons. Il est devenu amer, lui. Il avait toujours eu un caractère spécial, le genre de type qui reconnaît assez lucidement qu'il y a un problème quelque part mais qui n'imagine pas qu'il puisse y être pour quelque chose. Mais voilà, pendant plusieurs années, il n'y avait pas eu de grands problèmes dans notre vie, et alors c'était acceptable, presque drôle même, son attitude, comme un gag pour jouer à l'enfant, "c'est pas moi, c'est les Martiens". Après, ça n'a plus été drôle. Il ne le disait pas mais les Martiens, c'était moi.

« Et j'ai freiné. J'ai mis mon enthousiasme de côté, j'ai commencé à maudire comme lui les coups du sort, la pluie, la mauvaise foi des marchands qui disent que leurs voitures consomment 7 litres alors que c'est 7,3 en réalité, vous savez, quand on commence à râler... A ce moment-là, le hasard a ramené dans nos parages des amis qu'on avait perdus de vue, ils étaient chouettes, pas du tout du genre à voir les choses en noir, et vite j'ai retrouvé mon caractère, et mon envie d'avancer plutôt que de rester sur place à attendre la fin du monde.

« A quatre, ça allait. A deux, c'était autre chose. Un jour, une nuit plutôt, je me suis réveillée, plus moyen de dormir, et je n'étais pas angoissée, non, très calme, et tout était calme, le vent apportait des odeurs fraîches, vous savez, de l'herbe un peu mouillée, et il y avait un peu de lune cette nuit-là, la lumière dans notre chambre était douce, et je l'ai regardé qui dormait à côté de moi, je l'aimais, ça j'en étais sûre, mais pour continuer à l'aimer, je ne m'aimais plus —

et il y a eu dans ma tête une question que j'aurais voulu ne jamais me poser: lui ou moi? — parce que ça voulait dire que je ne pensais plus "lui et moi" et sûrement pas "nous". Et lui, est-ce qu'il m'aimait encore? J'en étais sûre, il m'aimait comme il m'avait toujours aimée, et s'il ne me permettait plus d'être moi-même, c'était la faute des circonstances. Et ça allait s'arranger. J'ai, cette nuit-là, choisi de continuer. J'ai simplement remis à plus tard mon désir d'avoir un enfant, sans la moindre intention de lui en parler, pour ne pas rendre les choses plus difficiles.

«Un mois plus tard, le monde basculait: il me quittait. Il ne pouvait pas s'expliquer, c'était comme ça, il a fini par se mettre en colère, contre moi, contre le monde entier — contre lui-même surtout. Et j'ai plié mes bagages et c'est moi qui suis partie la première. Quand j'ai quitté la maison, il m'a dit: "Tu verras, au fond c'est mieux pour toi, du plus avec du moins ça donne zéro, tu es trop drôle pour un type sans humour comme moi." J'ai essayé de sourire, je n'en revenais pas, ça ressemblait à une plaisanterie, et comme je souriais, il est devenu très doux et très sérieux; il m'a dit: "Pour une fois, ne souris pas", puis très vite il m'a souhaité bonne chance en m'embrassant.»

Lena prend sa tasse, s'apprête à boire une gorgée de café mais la tasse est vide, elle dit: «Oh!» Wolf pousse la sienne vers elle, elle boit un peu, elle sourit pour lui dire merci et poursuit sa très longue phrase.

«Donc, nous nous sommes quittés et pendant longtemps, pendant très longtemps, je n'ai plus souri.»

Elle s'arrête un instant, elle regarde Wolf qui fume attentivement, qui la regarde avec le regard de quelqu'un qui ne voudrait pas que son regard soit un poids, mais seulement de la lumière.

«C'est triste, dit-il, parce qu'il est très beau, votre sourire. Vous avez une bouche magnifique, un sourire si grand, et des dents — je vous l'ai dit, je crois — qui ont été spécialement inventées pour croquer des fruits.

— Vous êtes gentil, dit-elle, vous me faites plaisir.

— Je dis toujours ce que je pense. C'est la pire source d'ennuis, parfois, mais parfois, c'est un vrai plaisir. Je recommande du café?»

Lena dit que ce n'est plus nécessaire, elle voudrait plutôt un grand verre d'eau, de l'eau gazeuse et quand arrivent les deux verres garnis de citron, Wolf lève un peu le sien. «La vie est belle comme une bulle, dit-il.

— C'est un bien beau slogan, dit-elle en reposant son verre déjà à moitié vide.

— C'est en tout cas plus encourageant que "Mon argent, c'est quelqu'un"...

— Ça existe vraiment? fait-elle.

— Sur des panneaux publicitaires de cinquante mètres carrés. C'est formidable, ce petit texte, ça se passe de commentaires: on sait tout de suite dans quel monde on est.

— C'est la publicité d'une banque? demande Lena.

— Un groupe financier, si j'ai bien vu. Mais j'aime mieux ne pas être sûr. Je préfère imaginer que c'est une erreur sinon je vais avoir envie de donner mon soutien aux anarchistes — et de l'argent pour qu'ils se rachètent des bombes. Et ça ne servirait bien sûr à rien. C'est le temps qui passe qui apportera la solution, quand assez de gens auront vraiment souffert d'être bêtes à ce point. On s'en va? Il y a une très belle nuit dehors, avec lune, étoiles, un grand silence, du vent — une nuit complète, avec tous les accessoires.»

Lena s'absente un moment. «On y va, dit-elle en revenant, puis: Quelle heure peut-il bien être?» Et Wolf, tout en regardant sa montre, répond qu'il n'en a pas la moindre idée, que c'est justement la semaine de l'année où le temps s'arrête de compter: il se contente de passer, et pour qui veut, il ne passe pas, c'est la pause.

8

Les graviers blancs de l'allée crissent sous les pas lents de l'homme et de la femme qui marchent en regardant le ciel. Il dit que le beau temps va encore durer quelques jours, que c'est extraordinaire — comme s'ils avaient changé brusquement de saison, et quand Lena demande si tout est prêt pour le mariage, s'il n'y a pas, le lendemain, des courses, ou des démarches, des gens encore à prévenir, il ne répond pas tout de suite, il continue longtemps à observer le ciel et c'est sur le plus neutre des tons qu'il finit par dire: «Prévenir Jean et Claire, c'est tout.

— De quoi?

— Leur dire que tout est prêt, qu'on n'a plus besoin que d'un couple à marier pour que la machine se mette à tourner.»

Et Lena lui demande si ça va, s'il y a un problème, et il répond que tout va bien, vraiment, à part une impression idiote, fondée sur rien de précis, l'impression que le mariage n'aura pas lieu. Et Lena sourit, elle ne sait pas quoi dire, c'est le résultat de notre conversation, dit-elle, on a parlé de choses terminées, et pas exactement des victoires ni des modèles à fournir aux gens qui démarrent, on pourrait avoir un peu peur à leur place en pensant à nous qui sommes revenus après tant de détours à la case départ, pleins d'expérience sûrement mais un peu fatigués, et déçus, et plus angoissés qu'avant en pensant à l'avenir — comme tous ceux qui savent qu'il n'y a pas que les autres qui échouent, qu'il n'y a pas que les méchants qui tombent dans les pièges, et que la vie passe vite, vite, qu'on est jeunes encore mais qu'il faut commencer à le démontrer aux autres pour en être sûr soi-même — et qu'un jour on pourrait bien être là à dire les mêmes choses, mais avec trente ans de plus et...

«Et comment vais-je pouvoir vous embrasser si vous continuez comme ça?» dit Wolf, à moitié rieur, à moitié sérieux.

Ils s'embrassent longuement, debout dans l'allée, et longuement ils se caressent le cou et les mains, et leurs mains font des dessins sur leurs visages. Ils s'embrassent et puis, lisses et lents, ils se glissent dans la nuit. Ils vont rouler longtemps dans la vieille voiture, sans user de mots, sans quitter la douceur de l'instant, qui n'est qu'un instant et qui pourtant, provisoirement, n'en finit pas d'être là, parfaitement.

9

La villa. Toujours la nuit, pas de traces du matin. «Dormir», dit Lena dans un souffle. «Dormir», répond la voix de Wolf. Il pose ses lèvres sur le bout des doigts de la jeune femme, lui sourit pour dire: «Bonne nuit, à demain».

Deux portes qui se ferment, une lampe qui s'éteint, puis une autre, au moment où les oiseaux commencent à mélanger la nuit ancienne au jour nouveau.

10

Trois heures de l'après-midi quand apparaît Lena dans la cuisine où elle trouve Wolf et du café frais. «C'est comme si j'avais eu un siècle de sommeil à rattraper», dit-elle en bâillant et en étendant largement les bras. Puis elle dit qu'elle a vraiment bien dormi et elle dit merci, Wolf demande pourquoi, elle sourit: «Le café, dit-elle, et la belle soirée, et...

— Et la bonne musique, dit-il en la quittant quelques instants pour revenir accompagné par un air de bossa nova, Stan Getz, et la voix d'Astrud Gilberto.

— Bien dormi, vous aussi?

— Très bien. Puis je me suis promené sur la plage. La journée sera belle, dirait-on. Parfaite pour une promenade cet après-midi, si ça vous dit. Après m'être baladé, j'ai relu, pour la corriger, une longue lettre qui est une sorte de réponse à une revue. Ce sont des journalistes que j'aime bien, et c'est un ami parmi eux qui m'a demandé de répondre aux questions qui vont servir de base à une enquête sur le monde d'aujourd'hui — une de plus. En relisant, je n'ai corrigé que des détails de ponctuation et je me suis dit que ce n'était décidément pas mon truc, ce genre de texte. Et j'ai terriblement envie de le remplacer par un petit mot gentil où je m'excuserais en disant que je n'ai rien à dire. Bref, je ne sais pas trop quoi faire.

— Si vous me la lisiez, cette lettre? propose Lena.

— Oui?

— Bien sûr. Quand je suis en vacances, j'aime bien lire parfois un journal le matin. Même si c'est aussi raté que vous avez l'air de le croire, ce ne sera pas pire que ce qu'on trouve ici et là dans la presse, non?»

Merci de m'avoir invité à collaborer une fois encore à votre revue. Je suis sûr que vous réaliserez un fort beau dossier si vous y mettez la rigueur et l'intelligence qui vous sont coutumières. Mes réponses à vos (nombreuses) questions, vous les trouverez ici, en vrac, dans le désordre d'une lettre.

Mais avant de répondre à ces questions, je voudrais rappeler que je n'ai pas l'habitude de publier le résultat de mes réflexions. Mon domaine, c'est celui de la fiction, de la poésie — et c'est une logique bien différente, comme chacun sait. Alors, pensez-y en lisant les pages qui suivent: mes réflexions sont fragmentaires, mes jugements subjectifs et mes vérités relatives. C'est dit.

Si ça ne convient pas à votre projet, pas de panique, dites-le sans tarder. Je ne serai pas vexé. Vous publierez une des mes nouvelles, comme vous l'avez déjà fait, et quand vous voudrez.

Avec ce que je viens de dire, on peut déjà deviner que je n'ai rien d'un spécialiste. S'il me fallait absolument choisir une spécialité, je le ferais en réécoutant une chanson des Doors, quand Jim Morrison lançait: "Specialize in having fun" *comme un cri de révolte. A part ça, je n'aime pas trop la tendance actuelle à la spécialisation, qui n'a pas l'air de rendre les gens vraiment intelligents. Quitte à faire une caricature, je dirais volontiers qu'il y a aujourd'hui trop de gens qui pensent bien mais qui ne sentent rien. Certains ne pensent d'ailleurs bien qu'à l'intérieur d'un ou deux micro-domaines et se permettent, du haut de l'autorité qu'ils y ont acquise, de porter sur l'immensité des choses qui leur échappent des jugements fort inquiétants. Les Grecs considéraient comme sans valeur l'argument d'autorité, alors qu'ils avaient pourtant sur le monde un point de vue plus large que celui de nos "autorités". Autres temps... Pour être juste, je crois que je n'aimerais pas non plus l'inverse: des gens qui sentent bien les choses sans jamais pouvoir les exprimer avec un peu d'intelligence, de clarté. Ce qui est dommage, je crois, c'est de voir tant de gens intelligents qui gardent le nez collé à une partie sans pouvoir ou vouloir prendre un peu d'altitude et tenir compte du tout auquel se rattache leur spécialité — et leur propre vie. En explorant le monde, on en découvre la richesse — et nous vivons à une époque où la richesse du monde dans toute sa variété est à notre portée. C'est passionnant — si on ne ferme pas les portes qu'on a eu tant de peine à ouvrir.*

Je défends donc l'harmonie, la souplesse, les glissements et les mouvements. Et je déteste ce qui empêche l'homme d'être heureux ici et maintenant, toutes les formes de rigidité qui en font un cadavre avant l'heure.

Permettre à l'individu de se développer complètement, ça n'a rien d'impossible — mais ça prend du temps! Et c'est là qu'est le problème, je pense. Il est bien plus facile de transformer un adolescent en petit génie dans un domaine restreint que de l'aider à avoir une perception convenable de tout ce qu'il est et de tout ce qui l'entoure; on lui laisse ça pour plus tard, s'il a des loisirs à occuper. Et plus tard, c'est souvent trop tard. On peut devenir un excellent informaticien en travaillant ferme pendant quelques années, en ne perdant pas de temps à faire autre chose. Pour devenir un homme équilibré, c'est une autre histoire: la méthode forte me semble inadéquate. Je crois davantage aux vertus de l'exemple et de la lenteur. L'éducation scolaire ne s'y prête pas: elle est masculine, axée sur l'efficacité immédiate. Les méthodes mixtes à prédominance féminine, comme l'éducation que donnent les mères aux petits enfants avec l'aide des pères, mériteraient peut-être d'être utilisées au-delà de la petite enfance.

Si on admet qu'il y a un problème de temps, l'avenir nous réserve de bonnes choses: le temps libre que nous offre la mécanisation des tâches est une chance fantastique. Si on y pense à temps, pour s'en servir bien.

La qualité que je voudrais voir se développer? Le sens de la mesure. Il s'agit de trouver une harmonie. On vit dans un monde formidable, rempli à ras bord de possibilités.

Wolf s'arrête un instant, il lance à Lena un petit sourire qui dit: «Ça va toujours?» puis il reprend sa lecture, toujours assis par terre, le dos au radiateur de la cuisine :

De quoi fabriquer un paradis. Et donc de quoi fabriquer un enfer si on n'équilibre pas l'ensemble. Le sens de la mesure, c'est peut-être une formule vague pour certains, alors voici une sorte d'exemple. Il s'agit de quelque chose qui, jusqu'à preuve du contraire, concerne tout le monde : la vieillesse. Les octogénaires, on ne les compte plus, et un de ces jours ce ne sera plus déraisonnable de dire qu'on a l'intention d'être centenaire. C'est extraordinaire : non seulement on peut vivre dans un monde d'une richesse inouïe, mais en plus on peut repousser la mort, gagner du terrain sur elle, et profiter plus longtemps de la vie. En principe du moins. Autour de soixante ans, on met les gens hors circuit, et dès que leur rythme n'est plus accordé à celui qu'on croit normal parce qu'il est habituel aujourd'hui, on les planque dans des hôpitaux, des asiles et, plus délicatement, dans des résidences ou des maisons de repos. Sans être un professionnel des questions du troisième âge, j'ai été voir de plus près comment ça se passe : on y meurt lentement, dans un manque d'affection qui ferait mourir des chiens ou des chats en moins d'un mois — mais les gens ne sont pas des chiens, ils résistent plus longtemps... La leçon à tirer est d'une grande banalité et chacun la tirera avec ses mots à lui. Moi je me répète : le sens de la mesure, ça me ferait plaisir si on en faisait une qualité qui honore l'homme.

Et l'Europe ? L'avenir de l'Europe ? Franchement, je n'ai pas d'avis catégorique du genre « c'est bien » ou « berk ! ». L'Europe est vieille, occupée à s'étouffer. Elle me fait penser à un vieillard qui se concentre et qui rassemble ses forces pour se relever. Une dernière fois ? Ou pour se mettre à marcher ? Comment savoir...

J'ai le sentiment d'appartenir à un monde qui se termine; donc à un nouveau monde qui va commencer. Sous cet angle-là, c'est exaltant. N'en déplaise aux racistes, aux puristes et aux nostalgiques de la pureté européenne, je crois que le sang neuf doit venir d'ailleurs. De l'Est bien sûr. De l'Asie. De l'Amérique du Sud. Le centre et le nord de l'Europe, ce sont des gens qui sont usés à force d'avoir peur: peur de soi (tous les gouffres intérieurs que la psychanalyse ne comble pas), peur des autres, peur des maladies et des accidents de la route, peur des accidents nucléaires, peur de la nourriture et des rayons du soleil, peur de la perte du pouvoir d'achat, peur des impôts, peur du travail qu'on n'a pas ou qu'on risque de perdre, peur de la vieillesse qui va être longue et sinistre, peur du présent et peur de l'avenir, peurs en tout genre, grandes et petites, aiguës ou lancinantes. Peur de vivre. Or, comme chacun sait, la peur contracte et paralyse quand on ne s'en libère pas. Le projet d'une nouvelle Europe pourrait donner des ouvertures aux gens, c'est clair; c'est agréable. Le projet deviendra vraiment intéressant, cela dit, quand les Européens s'entendront, au sens strict, quand ils parleront la même langue. Le bon sens voudrait que ce soit la langue anglaise, ou alors l'espagnol.

Mais le bon sens, c'est comme le sens de la mesure: c'est mal coté.

Le pire, c'est la bureaucratie, la lourdeur incroyable de nombreuses administrations. A moins qu'on n'envoie sur Mars les colonies de fonctionnaires excédentaires, le problème va s'aggraver. Le bon côté de l'histoire, c'est quand on se dit que si la bureaucratie a pu avoir raison du communisme, elle a des chances de faire tomber aussi le capitalisme. Les paris sont ouverts. Personnellement, je continue à préférer le poker avec quelques amis. Et parfois, je rêve un peu et je fais des vœux. Je me dis que les bouleversements qui s'opèrent donneront peut-être à quelques valeurs «secondaires» comme la gentillesse, le plaisir et le respect de la vie sous toutes ses formes la meilleure place dans l'échelle des valeurs. Comme j'ai une confiance limitée dans l'être humain, je ne suis pas sûr qu'il changera sans y être contraint. Le slogan publicitaire qui dit: «Mon argent, c'est quelqu'un» est un constat; inutile de hurler, c'est comme ça. Peut-être faudra-t-il que les gens n'aient plus d'argent, ou beaucoup moins, pour réaliser que c'était faux — et reprendre le temps de parler ou de rire rien que pour le plaisir de rire avec quelqu'un.

«Et le bonheur?» Je me demande ce que vous allez pouvoir faire d'une réponse à cette question alors qu'il y a à peu près autant de réponses que d'êtres humains. J'y ai réfléchi un peu, à ce que j'allais vous répondre. Ce ne sera pas très long — car c'est bien plus important que tout le reste. Le bonheur, c'est peut-être se sentir si bien qu'on en oublie, pour un moment ou pour longtemps, qu'on va mourir, demain ou dans trente ans.

De très loin en moi revient l'idée que n'existe pas le bonheur sans amour. Je n'en ai jamais douté mais il m'a fallu longtemps pour comprendre ce que ça voulait dire. Et je pense que c'est quelque chose de cet ordre: quand on aime vraiment quelqu'un, la vie de cette personne devient aussi importante que sa vie à soi, et la peur de mourir fait place au désir de vivre, de vivre avec l'autre. Pour ma part, je n'ai encore rien trouvé de plus positif que cela — rien d'autre qui me semble capable de donner un sens à la vie.

Nous sommes tous les mêmes, les bons et les méchants, les idiots et les génies: quand un malheur survient et qu'on se retrouve face à soi-même, on regarde le ciel; ceux qui croient en Dieu se demandent pourquoi il est injuste et les autres déplorent son inexistence. Alors on retourne vers ses semblables, pour y trouver la consolation et puis les plaisirs et l'oubli, l'oubli de la pensée qu'on va mourir un jour, et qu'il n'y a pas l'ombre d'une explication.

Il n'y a que les gens heureux qui n'ont pas peur de la mort, et je crois qu'il n'y a que les gens amoureux qui sont vraiment heureux.

Lena se verse une autre tasse de café, elle y trempe un morceau de pain qu'elle vient de beurrer: «C'est bon! dit-elle, puis, regardant Wolf: C'est chouette, ton texte en forme de lettre. Je l'ai écouté avec beaucoup de plaisir. La fin m'a fait oublier un peu le début, parce qu'elle m'a beaucoup émue. C'est le début qui t'ennuie, les idées du début? Elles m'ont paru intéressantes, quand tu parles des personnes âgées, et puis de la peur, toutes les peurs qui encombrent les gens ici, et le sens de la mesure qui serait si important à retrouver. Tu ne dis rien?

— Je réfléchis, dit Wolf.

— Ne réfléchis pas trop. Je me trompe ou tu as peur d'avoir l'air naïf?»

Wolf la regarde dans les yeux. Son sourire s'élargit.

« J'ai très peur d'avoir l'air naïf. Parce que je le suis, à ma manière, par mon enthousiasme enfantin, et aussi, je suis impulsif, je réagis vite et fort, quand je suis content, quand je suis blessé. Dans le monde des intellectuels où j'ai passé tant d'années, tu n'imagines pas les vagues que j'ai faites, avec mon air naïf et mes manières d'adolescent. J'ai essayé d'être sérieux comme eux, je veux dire : blasé — et ça n'a pas marché. J'ai détesté leur attitude, leur lâcheté, leur silence qui leur permettait de ne pas se mouiller, de ne pas se tromper — et je leur ai dit qu'en ne disant rien, on ne se trompait pas mais qu'on ne faisait pas non plus grand-chose de bien. J'ai vraiment détesté ces gens, à l'université, dans les collèges, dans le monde littéraire, berk, rien à voir avec la vie, tous ces...

— Je vois, dit Lena, je vois bien de quoi tu parles. Les emmerdeurs prétentieux et les cons intelligents. C'est pour ne plus les voir que j'avais été travailler ailleurs, et mon rêve c'est de repartir. Pour de bon. Quand j'aurai un peu d'argent, je laisse tout tomber ici, j'achète un petit Cessna ou un Piper Apache et je deviens taxi aérien dans le sud de l'Italie ou carrément de l'autre côté, pour mettre la mer entre ce monde-là et moi.

Lena regarde Wolf en plissant les yeux, comme pour s'excuser. Il va parler mais elle parle avant lui, doucement :

« Ce n'est pas ton monde, ces gens-là, je suis sûre que tu ne veux pas leur ressembler et tu ne leur ressembleras jamais. Tu es toi-même. Ils s'y feront, tôt ou tard. Envoie-les promener de temps en temps ! En tout cas, ne leur fais plus de cadeaux, eux ils ne t'en feront pas — sauf pour obtenir quelque chose, tu le sais bien.

— Je ne suis pas seulement naïf, répond Wolf en prenant un air faussement coupable. Je suis aussi sentimental, et pire encore, je ne suis pas rancunier, j'oublie vite les petites choses moches de la vie, les petites crasses et les injustices qu'on me laisse tomber sur la tête.»

Il se tait un instant, prend sur la table une tasse et la remplit avant de poursuivre:

«Je n'aurais pas dû te lire ces notes. C'est un truc qui sort du passé, comme un mauvais souvenir. Je ne m'occupe plus de ce genre de choses que par accident, et ça ne me réussit pas. J'ai finalement mis à la porte les emmerdeurs que j'avais laissés entrer dans ma vie. De temps en temps, il y en a encore un qui vient frapper à ma porte, et s'il a une bonne tête, si j'ai oublié le passé, je le laisse entrer un moment. C'est terrible, tu sais, je ne supporte plus les gens qui jouent des rôles. Si: bonjour, bonsoir, dans des lieux publics. Mais je n'arrive plus à fonctionner bien avec des gens qui vivent à moitié dans leur peau et l'autre moitié dans des images d'eux-mêmes. Je sais peut-être trop bien ce que c'est, j'ai joué longtemps dans ce spectacle... Maintenant, ça va. Je me sens bien — et je sais que je ne ferai pas demi-tour. La question, parfois, c'est tout simple, tout bête — et très angoissant: quand les emmerdeurs sont partis, on risque de se retrouver seul, et ça ne me va pas. J'ai appris à être pour moi-même une excellente compagnie, vraiment, mais comme tout le monde, sans doute, je cherche autre chose. Quelqu'un.

«Le bonheur n'est toujours pas inscrit d'office au programme, il faut le mettre soi-même. Et il faut beaucoup de chance. Ce qui dépend de moi, je le fais aussi bien que possible — et je m'amuse beaucoup. Quand je m'arrête — jamais longtemps — je me dis qu'on peut jouer toutes les parties sans jamais avoir la dame de cœur en main...

— Ou sans jamais avoir le roi de cœur en main, dit Lena.

— Il viendra, dit Wolf, il viendra sûrement.

— Elle viendra, dit Lena en souriant, avant de picorer de son index mouillé des miettes de pain sur la table.»

Du salon où il est allé remettre un disque, Wolf dit que les choses qu'on désire vraiment finissent toujours par arriver, si l'on en croit les Chinois d'autrefois. Et les phrases où il y a le mot «désir» sont toujours à prendre en considération, ajoute-t-il en revenant dans la cuisine. Lena s'est accoudée à la fenêtre. Il la rejoint, s'installe à côté d'elle. «C'est si beau, dit-il, et le moindre nuage m'impressionne plus qu'un château, c'est la plus belle architecture du monde.

— Bien sûr, dit-elle. Et regarde: la mer est de quatre couleurs.»

Il glisse sa main sous les cheveux de la femme qui regarde au loin l'endroit où le ciel rejoint la mer. D'un seul doigt il caresse sa peau, lentement, et plus tard son autre main défait deux boutons et s'avance à la vitesse des nuages immobiles vers les seins qui frémissent doucement. Des nuages petits et blancs se rassemblent devant le soleil couchant. «On dirait la peau du ventre d'un bébé léopard, murmure Wolf.

— Viens, dit Lena à son oreille, viens, j'ai envie de toi, très fort.»

La chambre. Le grand lit. Silence, juste des mots d'oiseaux. Au milieu de la nuit, au milieu d'une caresse, Wolf retrouve pour un instant des mots et le sens des phrases. «J'avais un siècle d'amour à rattraper, dit-il, et tu me donnes envie de prendre un siècle d'avance.» Lena ferme les yeux: «C'est bon, dit-elle, c'est si bon.»

11

Comme les aiguilles d'une horloge dans un cercle d'or, les corps souples de Wolf et de Lena se déplacent au fil des heures dans la chambre à côté du monde; il est souvent minuit. Et puis viennent les petits sommeils si légers qu'il suffit d'un coup du bout de la langue pour se réveiller, et tout recommencer.

«Je meurs de faim, quelle heure peut-il bien être? demande doucement Lena.

— On dirait que le jour se lève, dit Wolf. Six heures peut-être.

— Sans doute. Je vais chercher des trucs à grignoter, j'arrive.»

Et bientôt elle revient avec quelques biscuits et une bouteille d'eau.

«Le jour ne se lève pas, dit-elle en lui caressant le ventre.

— Une grève sauvage?

— Non. Il se couche! J'ai bien regardé: c'est une fin de journée.»

Wolf pose le plateau à côté du lit. «C'est terriblement subjectif, dit-il en caressant le dos de Lena qui s'est allongée contre lui, mais, à mon avis, c'était une très belle journée.» Lena se retourne: «Tu sais, Gangster, c'est aussi mon avis.» Elle lui sourit.

«J'aime bien, dit-il.

— Quoi?

— Quand tu souris.»

Et beaucoup plus tard, quand le jour vraiment va se lever, elle va lui dire qu'elle ne croyait pas qu'ils allaient passer deux nuits ensemble. Longtemps il la regardera sans rien dire, sans sourire, sans bouger. Puis il retrouvera son sourire et quelques mots:

«Quand tu as dit: "Première fois, dernière fois", j'ai répondu quelque chose.

— Oui. Tu as dit "oui".

— Et tout bas j'ai ajouté: "Mais sans se presser; le temps est un ami aujourd'hui."

— C'était vrai.

— C'est toujours vrai, dira-t-il. Mais c'est un ami qui bouge tout le temps et nous, on n'est pas toujours dans le rythme.

— Va mettre de la musique, Wolf, beaucoup beaucoup de musique.»

12

A midi, sur la terrasse d'une villa, une femme et un homme ont déplié des fauteuils de plage. Ils absorbent le soleil de février qui brille plus fort qu'au cœur de l'été.

«Je me sens bien, dit la femme. Je me sens si bien, tu sais, mais surprise aussi. La vie est si facile ces jours-ci, je n'ai pas l'habitude, je sais qu'il va falloir partir et... Oh, c'est quoi, ce morceau?

— *Off minor*, répond Wolf. J'adore cette musique, écoute les deux saxophonistes qui jouent ensemble!»

Et quand le morceau s'achève, elle demande qui c'était.

«Les deux sax tenors, c'étaient deux maîtres, l'ancien et le nouveau, Coleman Hawkins et John Coltrane — autour d'un autre magicien, tu l'as sans doute reconnu, Thelonious Monk. A part ça, quel merveilleux soleil! Quand j'avais une douzaine d'années, je lisais Balzac. Par curiosité. J'ai lu beaucoup de choses ainsi, parce que ça m'intriguait, parce que tout m'intéressait. Bref, je lisais Balzac, et ça faisait la joie de mes professeurs, et ça m'amusait. Je dis bien: "Ça m'amusait." Car il y a peu de grands auteurs, et des grands penseurs encore moins, que j'aie pu prendre au sérieux. C'était juste étrange, un peu irréel, hors du monde. A cette époque-là, j'ai compris intuitivement que les idées, les systèmes de pensée, ce sont toujours des inventions, des instruments, comme la machine à vapeur ou la radio. Après, je n'ai pas oublié ça, que tout est relatif — mais je me suis cogné à tant de gens qui prétendaient le contraire que ma vie, pendant des années, n'a pas été gaie tous les jours.»

Wolf cherche dans une de ses poches un briquet pour donner du feu à Lena. «Continue, dit-elle en refermant les yeux, parle encore.

— Je me suis perdu, dit-il. Non, attends, je parlais de livres. Je disais que les grands auteurs m'amusaient. Je ne les prenais pas souvent pour des gens qui avaient tant que ça à dire. Par contre, il y avait des gens qui m'amusaient et que je trouvais formidables, proches de la réalité, pas menteurs comme les autres, pas occupés à bluffer tout le temps. Des auteurs comme Giovanni Guareschi, tu sais, l'auteur des multiples aventures de Don Camillo. Évidemment, si je disais ça maintenant dans une réunion littéraire... — je l'ai fait, pour tout dire, et si j'avais eu quelque chose à perdre, je l'aurais sûrement perdu! Mais bon, c'est comme ça, je parle trop et ça me fait une drôle de réputation — chose qui m'est indifférente, d'ailleurs. Alphonse Allais avait une délicieuse formule que je me suis appropriée avec joie: passer pour un idiot aux yeux d'un imbécile est un plaisir de roi. Mais je me perds encore. Ce à quoi je pensais, c'était au soleil et à une phrase que j'ai retenue d'un livre de Guareschi: "Il est stupide celui qui croit qu'il peut économiser la lumière du jour pour s'en éclairer le soir." J'ai essayé d'économiser la lumière du jour, j'ai essayé longtemps — et je n'y suis pas arrivé, et j'ai été très malheureux. Maintenant, je fais dans la sagesse élémentaire, le système D et l'optimisme sceptique; et je me plais dans la vie comme les poissons dans l'eau. Je n'économise plus la lumière du jour.

— C'est quoi, un optimiste sceptique?

— Je te répondrai si tu réponds d'abord à ma question, dit Wolf en essayant de ne pas rire. Qu'est-ce que tu vas faire si quelqu'un arrive maintenant et te trouve en train de fumer au soleil comme tu le fais, nue comme un bébé?»

Lena sourit sans ouvrir les yeux.

«Ça n'arrivera pas, il n'y a personne ici en hiver, même quand il fait beau comme aujourd'hui; personne ne savait qu'il allait faire aussi beau. Donc, personne ne va venir. Et si quelqu'un arrive, j'ouvrirai les yeux. Et on verra.

— Tu es une optimiste sceptique, Lena. En abrégé: une optimiste. Et en plus, tu as de beaux seins.»

Elle ouvre les yeux, se met debout. «Gangster», dit-elle. Et elle l'embrasse vite sur la joue avant de rentrer dans la maison. La musique recommence et Lena revient avec les premières notes; «Nino Rota!» dit Wolf, et Lena lui dit qu'elle a trouvé le disque derrière un paquet d'autres, et qu'il y a des années qu'elle cherche ce disque, que c'est ce qu'elle préfère dans les films de Fellini, la musique, la merveilleuse musique de Nino Rota. «C'est drôle, dit Wolf, j'ai dit ça aussi, souvent.»

Un peu de vent glacé se met à souffler. «Je vais me geler les seins», dit Lena en riant.

«On va aller faire une balade dès que tu seras habillée.

— Pourquoi est-ce que tu me regardes comme ça ?» dit-elle.

Wolf a fermé un œil, il la regarde de l'autre à demi fermé. Il est immobile, attentif: «Je ne t'oublierai jamais», dit-il, sérieusement, légèrement.

Lena ne sait pas quoi dire, elle lance: «Je suis sûre que tu n'oublies jamais rien», puis: «Je vais rougir», et elle disparaît dans la villa. Wolf l'attend en fumant, en fabriquant des nuages bleus sur fond de ciel bleu.

13

La voiture s'arrête. Wolf pointe l'index vers des nuages gris foncé, loin dans le ciel, c'est de la pluie qui vient, dit-il, on va aller prendre des imperméables.

A l'intérieur de la villa, une sonnerie n'arrête pas de retentir, Wolf ouvre vite la porte, va décrocher le téléphone. Il écoute longuement, répond «oui, non, bien», et enfin: «Je partirai en fin de journée, je serai là dans la nuit et on se voit demain matin, ça va?»

«Le mariage est annulé», dit-il en s'installant à nouveau dans la voiture.

Lena veut savoir, il dit qu'il va lui raconter en roulant, on va voir le port, on se promènera un peu, je partirai ce soir.

Et quelques minutes plus tard, sur la route qui longe la côte, il raconte à Lena la conversation qu'il vient d'avoir avec les parents de Jean. Le père va se mettre en route pour s'occuper de régler les choses qui peuvent l'être, annuler sans casse, Lena le verra si elle reste encore un peu — mais elle fait non, je partirai ce soir aussi. Jean va si mal que ça? Eh non, Jean va mieux, il s'est effondré mais il a repris pied, ce n'est pas lui qui ne veut pas se marier, c'est Claire, elle a attendu que Jean se calme et elle a dit que c'était assez pour elle, qu'elle voulait vivre. Catastrophe, branle-bas de combat, ils ont pensé que Claire avait été troublée par l'accident, elle a dit que non, qu'elle était ravie au fond, qu'elle avait des doutes et qu'elle n'en a plus: pas question de vivre avec Jean, il organise sa vie comme s'il avait l'intention d'en faire un musée, je ne suis pas à ma place dans cette histoire...

Alors quelqu'un a suggéré qu'elle aille se reposer quelques jours dans un endroit calme, que ses nerfs avaient besoin de se détendre. Elle a refusé de continuer à discuter. Le soir même, en pleine nuit plus exactement, elle a fait sa valise. D'après la mère, Jean a proposé quelques somnifères à Claire avant d'aller dormir, elle a répondu quelque chose comme «T'as tout compris, hein?» sur un ton furieux, et deux heures après elle filait, pendant que Jean, qui avait pris, lui, quelques cachets, dormait à poings fermés.

Lena sourit, puis elle dit: «Zut, c'est un sourire nerveux, dis-moi la suite.

— Il n'y a pas grand-chose d'autre à raconter, dit Wolf en faisant une drôle de grimace comme rire et pleurer en même temps. Pas grand-chose sauf que Claire s'est taillée avec un ex-copain, elle a téléphoné aux parents de Jean à l'aube et quand ils lui ont demandé ce qu'elle allait faire, elle leur a tranquillement dit...»

Wolf se met à rire, il n'arrive pas à finir sa phrase. Lena lui demande: «C'est qui, l'ex-copain? C'est Léo?» Et Wolf retrouve un peu de sérieux, il dit:

«Oui, c'est un type qui s'appelle Léo, tu le connais?

— Un peu, oui, répond Lena avec un grand sourire. Et qu'est-ce qu'elle a dit qu'elle allait faire avec Léo ?»

Wolf arrête la voiture au bord de la route, il se tourne complètement vers la jeune femme, il sourit comme elle.

«Baiser, laisse-t-il tomber. Elle a juste dit ça: "Baiser."»

Et Lena éclate de rire, elle cache son visage dans ses mains et rit encore plus, et le rire de Wolf vient doubler le sien. A la longue revient le calme, avec quelques larmes au coin des yeux. «J'ai honte», dit Lena. «Moi pas», fait Wolf, et Lena conclut: «Moi non plus, mais quelle histoire!»

«Léo, explique Lena plus tard, je le connais un peu, c'est un type sympathique, toujours de bonne humeur, plein d'idées bizarres, il y a deux trois ans il avait proposé à Claire de vivre avec lui — mais il s'agissait de partir dans je ne sais plus quel pays pour faire Dieu sait quoi, Claire a eu peur, ses parents et ceux de Jean l'ont découragée, et puis c'est la vie, Jean l'a consolée, il ne t'en a pas parlé de cette période ?

— Jean ne parle pas beaucoup, tu sais. On ne se voyait déjà plus guère à ce moment-là, et il parlait surtout de son job, un peu de ses vacances et pas du tout de sa vie privée. Comme toujours. C'est un coffre-fort, Jean. Dans tous les sens, bons et mauvais. Une amie à moi lui avait un jour rappelé une phrase qu'elle avait retenue, je ne sais plus dans quel film qu'on avait vu ensemble, c'était cruel: "Les gens qui n'expriment pas leurs sentiments ne méritent pas d'en avoir", et Jean ne s'était pas laissé démonter, il avait répondu: "Exact. D'ailleurs je n'en ai pas" — et la conversation s'était arrêtée là, heureusement, ou malheureusement, je ne sais pas...

— Vu les circonstances, on peut penser que c'est malheureux, dit Lena. Toi tu connais à peine Claire, moi je connais à peine Jean. Mais quel gâchis! J'ai tellement ri tout à l'heure, mais ce n'est pas drôle, maintenant j'aurais presque envie de pleurer, la vie est un cirque, un cirque...»

Wolf a remis le moteur en marche. Il augmente le volume du lecteur de cassettes, c'est un morceau de jazz très lent, Wolf fredonne les premiers mots, *The shadow of your smile,* quelques gouttes de pluie ont dessiné des lignes dans la poussière du pare-brise et le soleil revient à tâtons.

La voix de Wolf est calme, très douce. Il demande à Lena si c'est vraiment si moche que ça, cette histoire. Elle se tait et puis:

«Non. Au fond, non. Mais pour le moment, on n'est pas au fond, on est à la surface où les vagues font un beau raffut, tout de même.

— C'est qui, on?

— Claire, Jean, leurs parents. Et moi. Et toi.»

Wolf lui prend la main, la porte à ses lèvres pour l'embrasser. «La vie n'est pas facile, dit-il, ni pour Claire et Jean, ni pour toi, ni pour moi — pour personne; mais ça ne dure pas toujours, les tempêtes, tu sais ça.»

La route tourne et tourne encore. Parfois c'est la mer qui apparaît, parfois des rideaux d'arbres, quelques maisons, — et la voiture roule lentement, régulièrement, sans autre but apparemment que suivre la musique que Wolf a mise à la place des airs de jazz. *Mort à Venise*, a dit Lena en entendant le début de l'*Adagietto* de Mahler.

Ils atteignent plus tard le petit port où ils avaient décidé de se promener. Ils n'ont plus parlé depuis le début de la musique lente et belle et si triste, tout le désespoir du monde. Un bref claquement, la cassette s'est arrêtée, automatiquement la radio prend le relais, une voix de femme surgit soudain dans la voiture pour annoncer la prolongation des beaux jours, exceptionnellement doux pour la saison, seules quelques pluies ici et là viendront...

— J'ai essayé de changer le monde, dit Wolf, et bien sûr, ça n'a pas marché. Je continue à essayer, c'est vrai, parce que je suis comme ça, mon caractère, mon éducation, une habitude peut-être — mais pas tout le temps. Ce que j'ai pu changer, c'est moi; je veux dire: mon point de vue. Si on part avec l'idée que le monde est naturellement en ordre, bien organisé, qu'il y a eu un Paradis ici, on ne peut plus voir qu'une chose: le monde se dégrade, il s'abîme, tout va de plus en plus mal. Et si on croit qu'il y a un Dieu qui a prévu le Paradis en fin de course, qu'il a tout arrangé, planifié, c'est tout aussi décourageant: pourquoi est-ce qu'on n'y est pas encore, hein? pourquoi tout va mal maintenant et où sont-ils, les plans, pour qu'on puisse voir où on en est et si on a une chance de voir la fin des travaux... Ça ne va pas, je trouve, ces façons de voir le monde. Ma sagesse, c'est de prendre le monde comme il est: chaotique, sorti sans plans ni projets d'un concours de circonstances dont le mieux qu'on puisse dire c'est qu'on n'y comprend toujours rien. Il n'est pas raisonnable, le monde, c'est juste une idée que s'en font parfois les hommes, pour se rassurer ou pour pouvoir y faire quelque chose de leur existence. De temps en temps, c'est une bonne idée, parfois ça les rend idiots, ils s'imaginent que l'histoire des hommes est vraiment soumise à des lois inexorables d'évolution. Mais l'histoire est un roman, pas un programme scientifique dont nous serions les modestes et courageux exécutants. Le monde reste un endroit où il n'est pas vraiment facile de vivre pour les animaux fragiles que nous sommes, avec pour seul moyen de défense un gros cerveau au-dessus de nos mandibules au lieu du petit pois des autres habitants de la planète. Au fond de chaque cerveau humain traîne un peu de haine pour tout ce qui vit autour de lui; c'est le souvenir des temps anciens où l'homme était encore la proie directe de la nature tout entière — et il a dû avoir vraiment l'impression que le monde lui en voulait! Il a eu de la chance, il s'en est sorti — alors que les dinosaures se sont plantés, eux. Il s'en est sorti mais beaucoup d'individus ont encore des comptes à régler, dirait-on.

«Heureusement, des individus qui sont dignes, qui sont des humains et le moins possible des bêtes hargneuses et frustrées, il y en a partout, ici et là, à toutes les époques, dans tous les coins du monde. Il n'y en a pas beaucoup, sûrement pas assez, mais quand on regarde un peu, et qu'on pense comme je le fais que le monde est encore et toujours en plein chaos parce qu'il est ainsi fait, on voit tous les jours des tas de choses réjouissantes, on voit qu'il y en a quand même un certain nombre, des gens, qui progressent, qui font mieux que survivre, qui ne sont agressifs que quand la vie autour d'eux les agresse — bref, des gens qui vont un peu plus loin, qui sont meilleurs aujourd'hui qu'hier et qui essaient de s'améliorer encore. Je ne crois pas qu'il y ait un autre progrès que celui-là. Le reste...»

Wolf s'arrête brusquement, il dit: «Pardon, je ne voulais pas faire un discours», il retire la cassette qu'ils avaient écoutée et en glisse une autre dans l'appareil, piano et guitare. «Je vais deviner, dit Lena, c'est Bill Evans au piano, à la guitare je ne sais pas, et le morceau c'est... c'est *Samba* quelque chose, je ne sais plus.

— Allons prendre un café», dit Wolf.

Le port est plein de petits bateaux, on vend du poisson frais sous des bâches inutiles — la pluie est allée tomber ailleurs et le soleil commence à décliner. Lena et Wolf regardent longtemps les mouvements autour du quai, comme un ballet improvisé à la gloire du petit été né en février.

«Comment as-tu appris à faire l'amour? demande Wolf. Je veux dire: aussi bien. Ou alors tu es née comme ça, ajoute-t-il en souriant.

— Tu veux vraiment une réponse ou c'était seulement un très beau compliment?

— Un compliment, dit Wolf. Les gens qui sont vraiment bien dans leur peau, c'est rare.

— Je n'ai pas toujours été ainsi, dit-elle après un long silence. Et puis, tu es bête parfois, l'amour c'est comme le tandem, ça se fait à deux. Viens, allons marcher un peu.»

« Je n'ai pas envie d'aller voir Jean, et ses parents, et les parents de Claire. Elle, je la verrais avec plaisir bien que je la connaisse à peine. Tu sais, elle est plus jeune que moi, je l'ai connue quand c'était une gamine qui allait pêcher des crabes. Je ne sais pas qui elle est maintenant. J'ai un bon souvenir d'elle, une petite fille sincère et un peu timide, elle courait vite, elle nageait bien. C'est peu, comme souvenir.

— Qu'est-ce que tu lui dirais ? demande Lena.

— Rien. J'écouterais d'abord.

— Moi, je vais essayer d'aller la voir — si on sait où elle est. On te l'a dit ?

— En balade avec Léo, si j'ai bien compris. Tu crois que c'est juste une manière de prendre l'air ou un vrai départ ?

— Je ne sais pas, dit Lena, vraiment pas. Comment savoir ? Je crois qu'elle aime Jean. Je crois aussi qu'elle aime l'homme qui est partout, comme on appelle parfois Léo. Si Léo accepte de freiner un peu, elle restera avec lui. Peut-être.

— C'est ce que tu préférerais ? demande Wolf en s'arrêtant pour renouer un de ses lacets.

— Ce n'est pas moi qui me marie, fait-elle en souriant.

— Moi non plus, dit Wolf. C'est pour ça que je n'ai pas envie d'aller les voir. Je ne veux pas avoir un avis sur ce qui passe, sinon on va me le demander et je me connais, j'aurai de la peine à me taire même si c'est ça le mieux. J'ai eu trop d'ennuis au fil du temps avec les gens qui veulent savoir ce que je pense et qui me méprisent après, soit parce que j'ai vu juste, soit parce que je me suis trompé. On ne peut pas faire le bonheur des gens malgré eux, et en même temps je crois qu'il faut intervenir quand on sent que c'est nécessaire. Ça fait partie de la vie. Mais comme je suis bavard, que je raconte des histoires, je me suis retrouvé plus d'une fois dans des situations pas très agréables. On m'a accusé d'être contradictoire, de manipuler les gens. Mon Dieu... Je sais ce que j'ai fait et je ne regrette pas ce que j'ai dit. Mais vu de l'extérieur, c'était en effet contradictoire. Parce que ce qui est bien pour l'un est moche pour l'autre, parce que les gens sont différents, parce qu'il a plu hier mais qu'il fait beau aujourd'hui, *et cætera*. Mes intuitions, j'ai toujours eu un mal de chien à les exprimer clairement, mais est-ce que c'est clair, ce qu'on sent ? Comme je vis dans un monde où tout doit être conforme à la logique scientifique, j'ai toujours fait un effort pour être plus clair et précis — et c'est là que ça ne passe plus, c'est au-dessus de mes moyens, c'est trop difficile. Trop inutile, peut-être. »

Lena dit : « Oui, je comprends. Peut-être qu'un jour, tu partiras, tu quitteras les villes.

— Un jour », dit Wolf.

Assise dans la voiture, à côté de Wolf, Lena lui demande à quelle heure il va partir. « Dans deux ou trois heures, dit-il. Je ne suis pas pressé, je n'ai vraiment pas du tout envie de les voir.

— Comment fais-tu, Wolf, pour donner autant de place aux gens ? Pour ne pas leur dire d'aller voir ailleurs si tu n'y es pas ? Dans tout ce que tu dis, il y a toujours une place pour les autres, c'est étonnant, tu ne ressembles guère aux gens d'ici, tu me fais penser à... Je ne sais pas comment dire.

— A un étranger? Je suis un étranger, je n'ai pas encore choisi l'endroit où m'arrêter. Je suis un étranger sentimental, je m'arrêterai avec quelqu'un — sinon je continuerai à faire de mon mieux pour me sentir bien quel que soit l'endroit où je me trouve, même si je n'y reste pas longtemps. Tu sais, j'aime les jeux. Et j'ai une philosophie de joueur. Je pense vraiment que la vie est un jeu de hasard: on ne choisit pas les cartes qu'on reçoit. Mais c'est un jeu où on s'amuse plus quand on se sert de son intuition et de son intelligence. Quand on perd une partie, on peut toujours en jouer une autre — tant qu'on est vivant! Il y a deux consignes à retenir, et j'ai eu tendance à en oublier une. La première, c'est: éviter les parties truquées. La seconde: on a tout à gagner en ne jouant pas avec n'importe qui, mais j'aime tellement jouer...

— Tu n'es pas le seul, dit Lena, à en avoir eu assez d'être seul.

— Je regrette, je regrette parfois d'avoir montré mes cartes.

— Tu le regrettes vraiment?»

Wolf la regarde en souriant. «Pas du tout», dit-il.

Et dans la nuit ils reprennent la route qu'ils avaient suivie quelques heures plus tôt. Lena essaie de poser une question: «C'est un peu bête dit-elle, j'ai peur que le mot soit mal choisi, qu'il te blesse, mais voilà, je me demande comment tu es devenu comme tu es, doux.

— Tu as une idée de réponse? demande-t-il.

— Pas vraiment, mais je me souviens de quelque chose dans la lettre que tu m'as lue, une éducation qui ne serait pas exclusivement masculine — mais tu ne ressembles pas à quelqu'un qui aurait été élevé par une mère seule, par exemple, c'est autre chose, quoi ?»

Wolf fredonne pour accompagner un long morceau joué au piano : «Je réfléchis», dit-il. Et plus tard :

«C'est une question qu'on ne m'a jamais posée. Mais au fond, ce n'est pas difficile d'y répondre. Je suis né sans doute avec un caractère aimable, plus doux que brutal. Au lieu de le perdre, je l'ai gardé. Je l'ai peut-être même développé.»

Il se tourne un instant vers Lena puis dirige à nouveau ses yeux vers la route.

«Tu sais, dit-il en souriant, j'ai beaucoup vécu avec "l'ennemi", avec "l'autre race". Ce sont les hasards de la vie. Il y a toujours eu des femmes dans la mienne et elles ont joué une large part des grands rôles. C'est une chance, je crois, en tout cas je ne regrette plus d'être un peu comme un Visage Pâle qui a été élevé chez les Indiens. Maintenant, je suis partout chez moi, ce qui est très agréable — même si c'est dans le monde des femmes que je me sens le mieux. Les hommes, et c'est pire quand ils sont en groupe, m'ennuient très vite.

— C'était quoi, tes regrets ? dit Lena.

— J'étais exclu, répond Wolf après un long silence. J'étais hors course dans le monde du travail, de l'argent, du pouvoir. C'est un monde où je ne suis pas quelqu'un de sérieux. Les hommes s'installent dans des rôles — et ils n'en sortent pas volontiers. C'est leur force d'ailleurs. Moi, ça ne me va pas, ça ne m'a jamais été et ça ne m'ira jamais, je crois. Et tu sais, j'étais exclu, bien sûr, mais j'ai fini par admettre que ça m'arrangeait fort bien et que j'étais très peu soucieux de m'adapter à ce monde-là qui n'était pas le mien.

— Tu es un faible, si je comprends bien, dit Lena en se moquant gentiment.

— Tu peux rire, répond Wolf, mais c'est tout de même ce que j'ai cru pendant des années. Ma faiblesse, c'est peut-être de ne jamais arriver à prendre au sérieux ces hommes qui, eux, me prennent pour un enfant. Un prêté pour un rendu, après tout. Je les regarde comme s'ils étaient en train de jouer dans une pièce de théâtre, et quand je compare avec ce que je connais d'autre, j'ai souvent envie de leur demander d'arrêter de jouer à des jeux aussi bêtes. Je suppose qu'il se sent même quand j'arrive à me taire, mon amusement — et on me le fait payer, d'une façon toute simple: on me coupe les vivres. Alors je pense encore à mes relations d'autrefois avec ma mère, mes sœurs et leurs amies, mes formidables grand-mères, et mes voisines, et mes cousines. C'étaient de vraies relations, ça. On disait ce qu'on sentait, ce qu'on pensait, on parlait de tout, en apprenant à lire et à calculer, en jouant dans les jardins, en apprenant à rire et à se rouler dans l'herbe. Ma mère m'a appris à écrire, une grand-mère m'a appris à jouer aux cartes, j'avais cinq ans, et puis une voisine m'a appris les échecs et une cousine m'a emmené au cinéma et m'a appris à raconter des blagues en imitant des accents étrangers. Et tout ça en étant vraiment proches, sans mettre toujours des distances. Quand on me dit maintenant que j'ai beaucoup d'amies — avec des sous-entendus comme tu peux deviner —, je suis encore et toujours surpris: pour moi, c'est tellement normal, évident. J'adore la compagnie des femmes, je m'entends bien avec elles, on parle le même langage.

— Et l'école? C'était déjà des classes mixtes? demande Lena.

— Mon Dieu, non, pas encore, répond Wolf en imitant une grimace de dégoût. Qu'est-ce que j'ai pu m'ennuyer pendant ces années où il fallait passer tant d'heures chaque jour dans un monde exclusivement masculin, avec des gens qui finissent par ne plus avoir de sentiments. Ou qui se cachent tout le temps derrière des plaisanteries, leur travail, des attitudes. Alors je me suis planqué: j'ai étudié, j'ai lu. J'ai lu beaucoup, après tout il y avait dans les livres des hommes qui me paraissaient plus sincères que ceux que je voyais tous les jours. C'est comme ça qu'on se fait une culture, peut-être. C'est comme ça aussi qu'on risque de s'éloigner de la vie...»

Wolf se tait. Il continue à diriger en souplesse la voiture qui s'inscrit sans heurt dans les courbes de la route.

«C'est si bête, les masques, dit-il au moment où s'amorce une longue ligne droite. Les masques et la collection d'idées toutes faites à propos de ce que doivent être les hommes et les femmes.

— Je me demande comment tu étais à dix-huit ans, dit Lena, c'est difficile à imaginer, je te vois comme maintenant.

— Non. Encore que... C'est-à-dire que j'étais ce que je suis maintenant — mais j'en souffrais au lieu de m'en réjouir. J'appartenais à deux mondes, avec une préférence pour l'un d'eux mais sans exclure l'autre. A cet âge-là, les gens sont tous poussés à choisir leur camp; moi, je ne me suis pas senti très concerné. Je me suis mis à raconter des histoires pour faire passer le temps, pour éviter aussi d'avoir des ennuis avec tout le monde — trop ceci pour les uns, pas assez cela pour les autres, bon, il fallait que ça passe et j'ai fait encore une fois un pas de côté. Pas question de choisir un monde au détriment de l'autre; je n'étais pas une femme et je n'avais pas du tout envie d'essayer d'en être une, mais je n'étais pas non plus un homme habituel, j'étais trop fragile, ou trop habitué déjà à être libre de sentir les choses, et je ne voulais pas abandonner cette manière d'être, c'était moi.

— Qu'est-ce que tu as fait alors?»

Wolf se tait un instant.

«Tu n'en as pas marre?

— Ça m'intéresse, dit-elle, vraiment.

— Alors, ce que j'ai fait, c'est que j'ai laissé pousser mes ailes. Je suis devenu un ange, c'est drôle, non?»

Lena rit un peu, elle dit:

«Non, ce n'est pas drôle, mais tu le dis d'une façon qui est amusante. Et je comprends ce que tu dis, je devine qui tu as été. Mais tu m'as dit que tu t'étais marié très jeune. Ça se marie, un ange?

— Normalement, non, je ne crois pas. C'est pourtant ce que j'ai fait, mais c'est compliqué à expliquer. Ce serait long.»

Wolf ouvre la vitre, le bruit de la mer entre dans la voiture avec des bouffées d'air frais.

«Je devrais dire trop de choses de la femme qui a épousé l'ange. Et je t'ai dit le plus important; c'était quelqu'un de vraiment bien, j'ai eu de la chance, j'aurais pu rencontrer et épouser une femme dure, qui m'aurait forcé à être "comme tout le monde". Elle, elle avait peut-être besoin d'un ange à ses côtés. Et puis j'ai évolué, et elle a évolué aussi. Je t'ai parlé de ça. J'ai commencé à arrêter d'être un ange, ça devenait fatigant, j'avais besoin de vivre, d'être sur terre. La chute a été plutôt désagréable... Au propre comme au figuré, je me suis blessé à l'atterrissage. Je me suis fait très mal. J'ai longtemps tourné en rond et longtemps je suis resté seul, à regarder autour de moi, à chercher mon chemin. Pendant des années, j'étais resté à l'écart du monde, entre parenthèses. J'avais regardé la vie sans trop y toucher — mais sans en perdre le goût heureusement. Et j'étais là, je me souvenais des années où j'avais été un ange alors que ça n'existe pas, les anges...

— Peut-être que si, dit Lena. Puis: Je t'ai interrompu, continue.

— Alors j'ai choisi d'être moi-même, d'être un homme qui appartient à deux mondes, un homme avec un système de valeurs qui n'est guère celui des hommes. J'ai fabriqué petit à petit mon propre territoire, avec des règles à moi. J'ai enfin tenu compte de l'habitude qu'ont la plupart des gens de détester tout ce qui est différent — et je me suis protégé. Je ne marche plus que quand j'y suis forcé sur le même trottoir que les gens qui sont prisonniers des normes, qui les acceptent sans réfléchir. Si tu veux, j'ai accepté d'être différent. Je ne me suis plus cassé la tête pour essayer d'entrer en contact avec tout le monde, comme j'en avais pris l'habitude dans mon enfance parmi les femmes, quand il était possible d'exprimer ses sentiments sans se cacher, sans croire que c'est une faiblesse. J'ai voyagé, j'ai rencontré d'autres gens. Il y en avait qui me ressemblaient, ici et là, il suffisait de se déplacer pour aller les rencontrer. D'être attentif, de bien comprendre les signes de reconnaissance, de ne plus perdre de temps avec des gens qui ne parlaient que le langage de la raison et qui n'étaient presque jamais libres.»

Wolf se tait un instant avant d'ajouter:

«C'est sans doute pour ça que je n'ai pas envie d'aller voir Jean et ses parents. Quand j'écoute Jean, ce n'est pas lui que j'entends, c'est une collection d'idées qu'il a adoptées, et, comme tant d'autres, il mêle ses désirs personnels à tant de choses qui ne viennent pas de lui que je n'arrive plus à lui parler. Il n'est pas clair avec lui-même et je ne peux rien y faire. A la dernière tentative de dialogue, il m'a agressé comme qui cherche une bagarre. C'est à force de se bagarrer qu'il trouvera sa vérité — possible. Mais je n'ai plus envie de ça, des conflits permanents avant de pouvoir dire vraiment ce qu'on ressent, c'est épuisant. Il faudrait éduquer les gens autrement. Changer de monde, quoi! Ça se fera peut-être, peut-être pas. Le seul moyen, c'est l'exemple. Donner l'exemple. Ça prend du temps. Mon passage dans le monde des hommes m'avait fait oublier que le temps est un ami quand on se met au rythme qui convient.

«Heureusement, quand je me suis cassé la figure en revenant sur terre, j'ai retrouvé, petit à petit, ce que les femmes m'avaient appris — et je compte bien ne plus jamais oublier tout cela, même si la douceur n'est pas une vertu qui rend riche et puissant, même si j'ai souvent l'air d'un con aux yeux de certains qui pensent que je perds mon temps. J'essaie de parler à voix basse quand je dis: "Qui perd vraiment son temps?"»

Lena est perdue dans un songe, elle ne répond pas tout de suite quand Wolf lui demande si ce n'est pas trop éprouvant d'écouter une aussi longue histoire.

«C'est bien, dit-elle.

— C'est Charlie Parker. *Lover man.* Il y a presque quarante ans.

— C'est bien aussi, dit Lena. Mais je parlais de ton histoire. Tu as raison: les hommes ne disent pas grand-chose de ce qu'ils ressentent, ça fait leur force, mais... Ce sont des rois solitaires et secrets. Comme mon père, qui n'a jamais réussi à dire qu'il m'aimait. Il est mort un jour, brutalement, dans un accident — et je l'ai détesté, je lui en ai voulu d'être mort avant d'avoir dit quelque chose, je l'aurais bien étranglé sur son lit de mort — pour extraire quelques mots. Et bien entendu, l'homme avec qui j'ai vécu était un peu comme ça... Mais peu importe. Il est arrivé quelque chose d'extraordinaire il y a quelques mois... »

La voix de Lena se casse un peu, elle cherche une cigarette, Wolf lui donne celle qu'il venait d'allumer pour lui.

« J'ai fait un séjour de deux mois aux États-Unis. Je savais que mon père avait un ami américain, je l'avais vu brièvement à l'enterrement, il m'avait dit d'aller lui dire bonjour si je venais un jour à Boston. J'étais là, j'ai été le voir. Il m'a parlé de mon père. Ils s'étaient connus à la fin de la guerre et avaient continué à s'écrire régulièrement. Harry, l'ami de mon père, était très content de parler de lui, il est allé chercher des lettres et j'ai été très heureuse, elles étaient longues, ça prouvait que mon père avait des choses à dire, qu'il n'était pas vide à l'intérieur. Et puis... »

Lena pleure. Elle pleure de grosses larmes et Wolf s'arrête, il range la voiture au bord de la route, prend la main de Lena, ne dit rien.

« Et puis, dit-elle, Harry m'a montré des lettres, en me disant qu'elles parlaient de ma mère, de moi, de mes frères. Et j'ai découvert mon père, j'ai compris qu'il m'aimait comme je l'aimais. Et j'ai été en même temps tellement heureuse et tellement triste. Je me suis rendu compte qu'il aurait aimé *dire* ce qu'il ressentait comme il l'avait fait avec des gestes pendant des années, quand j'étais petite.»

Elle s'essuie les yeux, retrouve son grand sourire.

«Tu m'a posé une question, tu sais, à propos de l'amour. C'est simple quand on se sent bien dans sa peau, quand on n'a pas peur des gestes. Je dois ça à mon père et à ma mère. Bien sûr, je trouve qu'ils ont arrêté trop tôt de m'embrasser, de me prendre dans leurs bras, de me caresser la nuque en passant près de moi. Mais ils auraient pu le faire encore moins, j'ai compris ça en découvrant les lettres de mon père. Je lui en ai voulu de ne pas avoir continué — alors qu'il avait fait plus que la plupart des pères, comme ma mère avait fait plus que la plupart des mères, je crois. Quand je t'ai vu, et quand nous avons passé toutes ces heures ensemble, j'ai eu envie de te dire quelque chose; ça aurait ressemblé à une phrase un peu bête, du genre: "Je n'ai jamais fait l'amour aussi gentiment." Ç'aurait été une drôle de manière de dire que j'étais enfin certaine que j'allais du bon côté, que la vie était là où je le croyais et pas ailleurs.»

Elle se tait un moment.

«C'est difficile à dire, tout ça, ajoute-t-elle. Et le plus difficile, c'est de dire que j'aurais bien aimé qu'on passe encore quelques jours ensemble, même si tu n'es pas l'homme que...

— L'homme de ta vie? dit Wolf doucement.

— Et je ne suis pas la femme de ta vie. Ce serait bien mais ce n'est pas comme ça. On le sait.

— On le sent, dit Wolf. Mais quand je serai parti, je me dirai que c'est dommage et que nos horloges auraient pu être à la même heure. Et si je suis vraiment sage pour une fois, je n'essaierai pas trop de m'expliquer à moi-même pourquoi elles ne l'étaient pas. C'est comme ça.»

De la main, Wolf montre à Lena que la route vient de changer; c'est une longue bande étroite qui a l'air posée au milieu d'une pelouse: l'herbe, des deux côtés, touche immédiatement les bords de la route, sans bas-côtés, sans dénivellation, sans raccords ni sentiers.

«Mais comme je sais déjà que j'ai eu beaucoup de chance en te rencontrant, dit-il, je ne l'oublierai pas. Tu m'as rappelé qu'il n'y a pas que les anges qui volent, et... et c'est tout, Lena, je ne peux pas en dire plus, je suis trop ému pour faire de longues phrases, je pense que tu as compris. Moi aussi, je resterais volontiers encore un peu avec toi. Mais je rendrais mon départ plus difficile. Et comme j'ai tout de même un peu de retard dans la vie, mieux vaut ne pas traîner, la vie n'est pas assez longue.»

Lena dit: «Gangster», rien d'autre, elle sourit. Wolf relance la voiture sur la route. En arrivant près de la villa, Wolf ralentit. «Le père de Jean, dit-il en montrant une voiture. Nous allons être sérieux maintenant.» Il sourit et Lena lui serre la main, très fort. «Je te dis au revoir maintenant. Bonne route, bonne chance», murmure Lena à l'oreille de Wolf. Le père de Jean a entendu le moteur, il sort de la villa, arrive vers eux. «Bonne chance», dit Wolf.

Deuxième partie

Printemps, vers l'été

1

De jours en semaines, de semaines en mois, le temps reprit son mouvement. Lena, qui avait été s'installer pour un moment chez une de ses sœurs qui était rentrée de vacances d'hiver avec un genou cassé, Lena donc ne trouva qu'avec un long décalage le courrier que Wolf lui avait adressé. Il y parlait un peu de son voyage quand il avait quitté la côte. « J'ai voyagé avec un orage, écrivait-il, et sans vouloir me plaindre, je peux dire qu'il y a tout de même des compagnons de route plus agréables — mais celui-ci m'a distrait en me forçant à penser surtout à la route. » A son arrivée, il avait vu Jean qui s'était déjà construit un nouveau mur de silence et qui venait d'accepter une ancienne proposition de travail, dans un laboratoire de Genève.

Dans la même enveloppe, Wolf offrait à Lena un petit texte qu'il venait d'écrire, « une musique plus qu'autre chose, disait-il, mais c'est peut-être une musique qui te dira quelque chose ». Il l'embrassait, lui souhaitait mille merveilles et lui disait qu'il serait bien content d'avoir de ses nouvelles.

Lena lut le texte plusieurs fois. Il portait un titre:

«Trente-trois ans et un poème, après le cap des tempêtes».

«La voiture filait dans la nuit des routes tranquilles sous la pluie et j'emportais avec moi la pyramide parfaite des musiques. Pas de jugements dans les rythmes qui s'élevaient, aucune explication et pas le moindre commentaire. Et si c'était là, pensais-je, uniquement là qu'était la vie, et dans le bourdonnement du moteur et les rumeurs anonymes de la ville ? Ce que les gens disaient et ce que l'on pouvait dire des gens, mon dieu, ça ou le vent... Et moi le maître et maître de rien, j'allais bientôt jouer aux dés les amours dont la mémoire porterait trace, et peut-être me moquer du cœur qui bat, des paillettes d'or fin qu'on trouve ou pose au fond des yeux; la magie n'était sans doute pas finie mais j'étais fatigué. Sur ma peau tendue de momie revenue des âges où les pharaons étaient toujours jeunes et les reines immortelles, la barbe qu'au matin je n'avais pas rasée disait des vérités âpres et laides avant d'être belles.

«Je sortais alors d'un jour cruel, cette longue journée sinueuse et brumeuse qui avait duré des années, et j'avais tracé plus d'une fois un prénom dans la buée des pare-brise, avec soin souvent et jamais sans passion. Tant d'espoir et l'espoir de durer, et puis le chauffage avait effacé les jolis signes et le petit tremblement des doigts qui les avaient dessinés, comme c'était mesquin, et agréable au fond et humain, et dès lors comment croire encore en qui ou quoi que ce soit... J'avais dans quelques pièces joué des rôles nobles, quelle chance, et j'en avais joué d'odieux aussi, sans oublier qu'à force d'aller d'une histoire à une histoire encore, l'on risque fort de n'avoir plus rien à dire sauf l'art et que le reste n'est que décor, décor et décombres.

« D'avoir dit la vérité souvent et de m'être encore plus souvent trompé, d'avoir cherché et puis d'avoir trouvé mais ailleurs et cherché encore — de tout cela que pouvais-je faire ou simplement penser ? Je souriais et bien sûr, c'était de dénombrer tant de désirs usés, les authentiques et les imposés, puis de me dire quel gâchis mais pour un prisonnier parmi les prisonniers, ne me suis-je pas plus d'une fois bien amusé ? Et bien sûr, j'aurais pu, bien plus tôt dans la vie... Mais qu'importe, je ne savais plus que la pluie comme une crue et par-dessus tout, l'envie de dire je t'aime, ces mots les plus impossibles, et de les dire à toi que je ne connaissais presque pas et qui étais là au moment où peut enfin s'achever la vie folle au bord des gouffres et sur des cordes tendues.

« La vie, pensais-je, est cette pyramide à construire dont la chance fournit les matières et moi le penseur, j'avais peur d'elle comme d'autres redoutent le destin. N'allais-je pas encore me tromper, dire trop ou pas assez, ou passer près de toi et pourtant à côté ?

« Dans la pluie ahurissante et pour tout dire impensable, le moteur menaçait de s'arrêter et sur le bord de cette route qui tournait en rivière, je me suis laissé glisser vers un point de clarté. L'homme qui éclairait la nuit et y vendait des huiles et l'essence m'a dit d'attendre un peu que l'averse soit terminée car après, de toute évidence, le jour allait se lever.

Je n'ai rien écrit sur la vitre embuée ce jour-là, et j'ai su que j'étais heureux, et heureux d'aimer, et la vie était là, dans l'amour, avant d'un jour rejoindre le souffle splendide et définitif de la mer.»

Lena répondit à Wolf par quelques mots émus au dos d'une carte postale illustrée. C'était une photo d'un saxophoniste en train de jouer au bord de la mer — en noir et blanc. «Ton poème me plaît beaucoup, écrivit-elle, et tu sauras que c'est toute l'amitié que j'ai pour toi qui me dispense de le commenter. Prends soin de toi. Le temps est un ami — comme tu le sais. Je vais bien, même si le passé m'encombre parfois encore; mais ça devient du passé lointain, grâce à certain passé proche qui m'a rendu le goût des jours sereins. Bye bye, Gangster!»

2

Quelques mois plus tard, Wolf trouva un jour une carte que lui envoyait Lena du sud de l'Italie où elle passait des vacances. «Quelle idée de partir au soleil quand on vient de se faire virer, écrivait-elle, mais pour tout avouer, je l'ai fait exprès et je fête ici une victoire: j'ai dit à des salauds qu'ils étaient des salauds et je suis heureuse de l'avoir fait — si on ne leur dit pas ce qu'ils sont, ils seraient bien capables d'être heureux malgré leurs lâchetés et leurs petites et grandes crasses, sans une once de culpabilité. Je passe sous le soleil des jours parfaits. Toi aussi? Tu sais que je l'espère, sincèrement. Bon vent!»

Et Wolf lui répondit un peu plus tard. Il lui dit qu'il avait eu quelques ennuis, dont un accident de voiture et des problèmes d'argent — mais que c'était l'ennui son ennemi, pas les ennuis. «Pour le reste, écrivait-il, je t'envoie un petit texte qui peut-être t'amusera. Toutes les histoires d'amour ne sont pas grandes, mais même les petites ont un sens. De savoir dès le début comment ça va finir ne dispense pas de vivre, comme le pensent certains. Sinon, tout le monde se suiciderait puisqu'il est de notoriété publique que tout le monde meurt un jour. Comme dans un morceau de jazz, c'est ce qui se passe entre le début et la fin qui est intéressant, bien sûr. C'est désagréable de tomber mais c'est aussi une bonne occasion pour rebondir — et c'est ce que je fais; j'espère quand même que ça ne va pas durer ainsi pendant des siècles, on finirait par mettre " Ci-gît un kangourou" sur ma tombe. Bref, j'attends encore de rencontrer celle avec qui il n'y aura pas d'autre fin à deviner que la fin de la vie elle-même. Je me souhaite bonne chance — et te souhaite la même chose. Avec toute mon amitié tissée de souvenirs dorés.»

Lena trouva la lettre à son retour de vacances. Et le texte, comme Wolf l'avait espéré, lui plut beaucoup. Il portait un titre: «L'or du temps».

«Le soleil brillait si fort qu'il déversait sur la route tout l'or du temps et dans l'extrême précision du paysage — cette immense clarté et le vert pur des prairies —, tout sonnait juste et je songeais à des baisers et qu'alors j'étais sans nouvelles de telle jeune femme que j'avais eu envie d'aimer. Mais je ne pensais guère, c'étaient des vagues et je laissais la voiture filer droit vers le ciel bleu, ce serait pour plus tard s'il y avait quelque chose au verso de mon cerveau.

«Je n'avais donc pas de nouvelles et j'en souffrais, mais je souffrais aussi d'un mal de gorge récurrent, souvenir de l'hiver et de trop de tabac quand il m'arrivait encore de vouloir tuer le temps. D'un chagrin à un désagrément, disais-je, il n'y a qu'un pas, on le fait facilement. J'avais l'humour des professionnels du deuil et le vent jetait dans les arbres les corbeaux qui tachent les champs, je n'ai pas pensé à vous, petite reine vite partie, pas de jeu magique pour vous garder et même ainsi vous n'êtes pas restée, comme c'est troublant.

« Bien avant, quand il y avait dans le vent des chiens fous et des cavalcades, quand j'étais légitimement un enfant et me fichais encore de trouver l'or du temps — car je l'avais, ou croyais l'avoir et c'était comme —, alors je disais donne ! et prenais sans trop y penser ce que l'on m'offrait, parfois rien ou presque et le monde entier parfois, avec l'amour qui va durer beaucoup de fois toujours, on ne peut pas calculer, c'est comme l'été, il n'y en a qu'un quand commence l'éternité.

« Basta ! Je me suis séparé de tout — tout le monde en arrive là. Je n'ai gardé que moi et j'ai regardé le reste, c'est quoi ? et j'ai commencé à compter sur mes doigts, combien d'amours, combien d'années, c'est incroyable : on ne fait rien d'autre que diviser. Puis j'ai pris un crayon et très vite noté, on garde ainsi ce qu'on a réparti, c'est vrai et l'on comprend que rien ne se perd, tout se transforme mais l'air, maman, est-ce que l'air sent qu'on le touche quand on le prend en bouche et qu'on le mâche comme un bonbon brillant ?

« Plaisir et puis le plaisir de comprendre, cet autre pas en avant, souvent j'y ai goûté et c'est bien, or c'est trop et je suis devenu écrivain. Parfois, mais sans plus y croire, je maudis encore ce destin : parce que j'écris, tout le monde s'enfuit. Bêtises... Je n'ai écrit qu'après avoir perdu le monde et pour le rattraper à ma façon, comme d'autres sont maçons ou médecins, ou tueurs tristes quand la pluie noie les villes et qu'il ne se passe jamais rien.

« Je me perds encore, je m'y perds à vouloir soigneusement recomposer tous les décors, et pour quoi faire ? Pour dire que l'amour existe mais après, pas avant, et qu'il faut une chance insensée pour rencontrer celle avec qui le faire durer — et que rien, jamais rien ne dit à l'avance le chiffre où s'arrêtera le dé.

« C'est maintenant la fin d'un autre après-midi et le soleil amorce sa descente tandis qu'à bonne vitesse tourne la terre ; ça me rassure moins que quelqu'un qui dirait je suis là, ne crains rien, mais ça me rassure assez pour trouver amusant de continuer moi aussi à tourner. Il y a dans l'air, soudain, une odeur supplémentaire. La mort a le parfum des pommes quand, encore brillantes, elles vont pourrir demain. La mort a le parfum bas des pommes passées, on le mélangera avec celui de la poussière du blé en été, avec celui — complet, géant — de l'herbe coupée d'un instant. On le respirera fort, jusqu'à ne plus penser, on lira alors dans les mains mêlées et du bout de la langue sur les lèvres. Baisers mouillés, rêves volants — jamais mourir maintenant.

« Je n'ai presque rien dit et toujours rien arrêté mais qu'importe, je sors et m'en vais saluer une belle amie. Rien qu'à la regarder marcher, je suis sûr à nouveau qu'il vaut mieux fredonner sa vie que la réciter. Je ne gouverne pas, je fais ce que je peux et c'est ainsi, comme des rides à la surface d'un étang, quand la vie qui passe pourrait bien devenir si lisse qu'on en glisserait d'un trait vers rien, sans la moindre douleur mais sans le plaisir d'encore respirer, sans le plaisir d'aimer pour toujours, aujourd'hui du moins et loin, aussi loin que possible, de la découverte qu'on en a moins souvent besoin, et que le beau cœur sauvage en aura peut-être fini de bondir bien avant de s'arrêter pour de bon. En attendant, le soleil brille si fort. On est jeunes, on a mille ans — baisers mouillés, rêves volants. Baisers mouillés et l'or, tout l'or du temps.»

Il y avait un post-scriptum au crayon: «Les traces sur la première feuille, c'est du jus d'orange. Voilà ce qui arrive quand on prend le petit déjeuner en écrivant, en fumant et en écoutant de la musique qui swingue. Heureusement, les taches de jus d'orange ne tuent pas; c'est scientifiquement prouvé — mais je m'essuie les lèvres pour t'embrasser, il ne faut pas confondre baisers mouillés et baisers collants!»

3

Le temps continua à passer, plein d'histoires pour qui veut les vivre. Wolf publia un petit recueil de nouvelles — des textes anciens — et l'envoya à Lena. Il s'amusa à le remplir de notes en marge, de confidences à propos des petits récits qui composaient le recueil. Un soir très tard, Lena lui téléphona; elle s'était beaucoup amusée à lire le livre, et les notes manuscrites l'avaient fait tellement rire qu'elle en avait eu les yeux rouges pendant des heures. Quand elle lui demanda pourquoi il ne publiait pas des choses comme celles-là, il lui répondit qu'au fond, il y avait trop de gens qui ne le méritaient pas, et qu'il n'allait tout de même pas donner le meilleur de lui-même à des inconnus et garder le reste pour ses proches. Ce qui fit rire Lena, qui lui donna alors des nouvelles d'elle. Elle avait retrouvé un travail et, surtout, elle avait rencontré quelqu'un. «Impossible d'en parler, dit-elle, mais j'avais envie de te le dire, sinon je n'en parle à personne, je suis devenue un peu superstitieuse peut-être, ou alors je n'y croyais plus vraiment.»

Ils parlèrent encore un peu et Wolf souhaita à Lena

un peu de courage, et comme elle s'étonnait, il lui dit qu'il en faudrait, pour ne pas fuir le bonheur qui fait souvent peur quand c'est dans la vie la seule chose dont on a perdu l'habitude.

Et lentement, les jours gris continuèrent à s'éloigner.

4

Le troisième poème de Wolf faillit bien se perdre. Lena avait déménagé et l'amie qui avait repris son appartement voyagea plusieurs semaines avec la lettre sous un siège de sa voiture. Elle donnait quelques nouvelles récentes, des souvenirs et des anecdotes qui laissèrent penser à Lena que Wolf avait vécu des choses mouvementées — et qu'il était plus optimiste que jamais, comme tous ceux qui pensent plus volontiers à ce qu'ils ont trouvé qu'à ce qu'ils ont perdu. Le texte s'intitulait «Au bord du fleuve», et Lena le lut plusieurs fois à voix haute.

«Dans les Jardins du Palais, à deux pas du fleuve, neuf moustiques morts reposent en cercle sur les bords blancs d'un évier, tout en bas, dans les toilettes femmes et hommes confondus d'un lointain sous-sol. Retour à la surface — du gris sur du gris clair — et le vent souffle fort, dehors on entend claquer les hampes métalliques des drapeaux, ça ne veut rien dire quelques insectes morts sans cause, et le vent ne dit rien non plus. Il a secoué la voiture tout au long du long trajet, n'a pas gagné, c'était juste pour jouer — mais j'ai la tête qui en bourdonne encore, le décor se met à trembler quand je le fixe des yeux, et ça m'amuse, ça va passer.

«Elle était jolie comme l'été qu'on attend au printemps, la jeune femme qui m'a indiqué la fin du chemin, une étudiante ai-je pensé alors qu'elle précisait: sous le fleuve, repassez par le tunnel sous le fleuve et vous y serez, le palais est tout près. Et je suis arrivé. A l'heure, à savoir trop tôt et, comme d'autres gens pressés qui trouvent des trucs pour un peu de repos volé, je me suis installé, seul, près d'une fenêtre sans vue sur les flots.

«A quelques mètres, des vieillards boivent comme moi du café, je les écoute échanger des noms de somnifères et des histoires d'insomnie, je pourrais les aimer, il y a des jours comme ça, c'est l'envers de l'amour. La serveuse qui m'a distraitement apporté du papier arpente sans cacher son ennui ces paisibles jardins sans plantes. Je voulais écrire quelques lignes de l'histoire du silence et soudain, ça n'a plus la moindre importance. Un jour, amis très chers, nous n'aurons plus rien à nous dire et même moi, le bavard, je me tairai, mais faut-il déjà commencer et s'en tenir à la musique des mots qui coule seule comme la rumeur du fleuve? Je ne crois pas, je ne crois vraiment pas mais il y a des jours — comme dit la moins vieille des vieux qui murmurent près de moi — des jours comme ça.

«En reflet dans la vitre que mes yeux veulent encore traverser, quelqu'un tourne et l'on dirait le moustique, dixième et dernier. Ou magique — qui sait ? — la promesse d'une véritable histoire. Je me lève.

« Je me lève. J'y vais. »

5

L'anniversaire suivant de Wolf vit arriver chez lui une carte postale reproduisant une photo de William Claxton intitulée «Times Square, New York, 1960» et qui montrait une femme souriante se serrant très fort à un saxophoniste en train de jouer. A ses vœux chaleureux, Lena avait ajouté une petite phrase qui fit briller les yeux de Wolf: «Nous sommes deux et j'espère que nous serons bientôt trois. Chouette, non?»

Wolf lui répondit le jour même en lui disant qu'elle ne voudrait pas le croire et qu'elle aurait tort car c'était la plus pure vérité: il était en train de lui écrire quand le facteur avait déposé sa carte; il lui disait qu'il avait rencontré la femme qu'il attendait, et qu'il était tellement heureux qu'il n'y avait rien d'autre à dire.

Ils se revirent un an plus tard et passèrent deux heures à la terrasse ensoleillée d'un café, sans beaucoup parler. De petits nuages s'approchèrent du soleil qui commençait à descendre, lentement.

Choses qu'on dit la nuit

«C'est beau comme la peau du ventre d'un bébé léopard», dit Lena en souriant. «Absolument», répondit Wolf.

Bruxelles, le 13 mars 1990

La photocomposition de cet ouvrage
a été réalisée par
GRAPHIC HAINAUT
59690 Vieux-Condé

CET OUVRAGE A ÉTÉ REPRODUIT
ET ACHEVÉ D'IMPRIMER
PAR L'IMPRIMERIE FLOCH À MAYENNE
EN JUIN 1994
POUR LE COMPTE DES ÉDITIONS ROBERT LAFFONT

Dépôt légal : janvier 1991
N° d'éditeur : 35590
N° d'imprimeur : 36121